KB082211

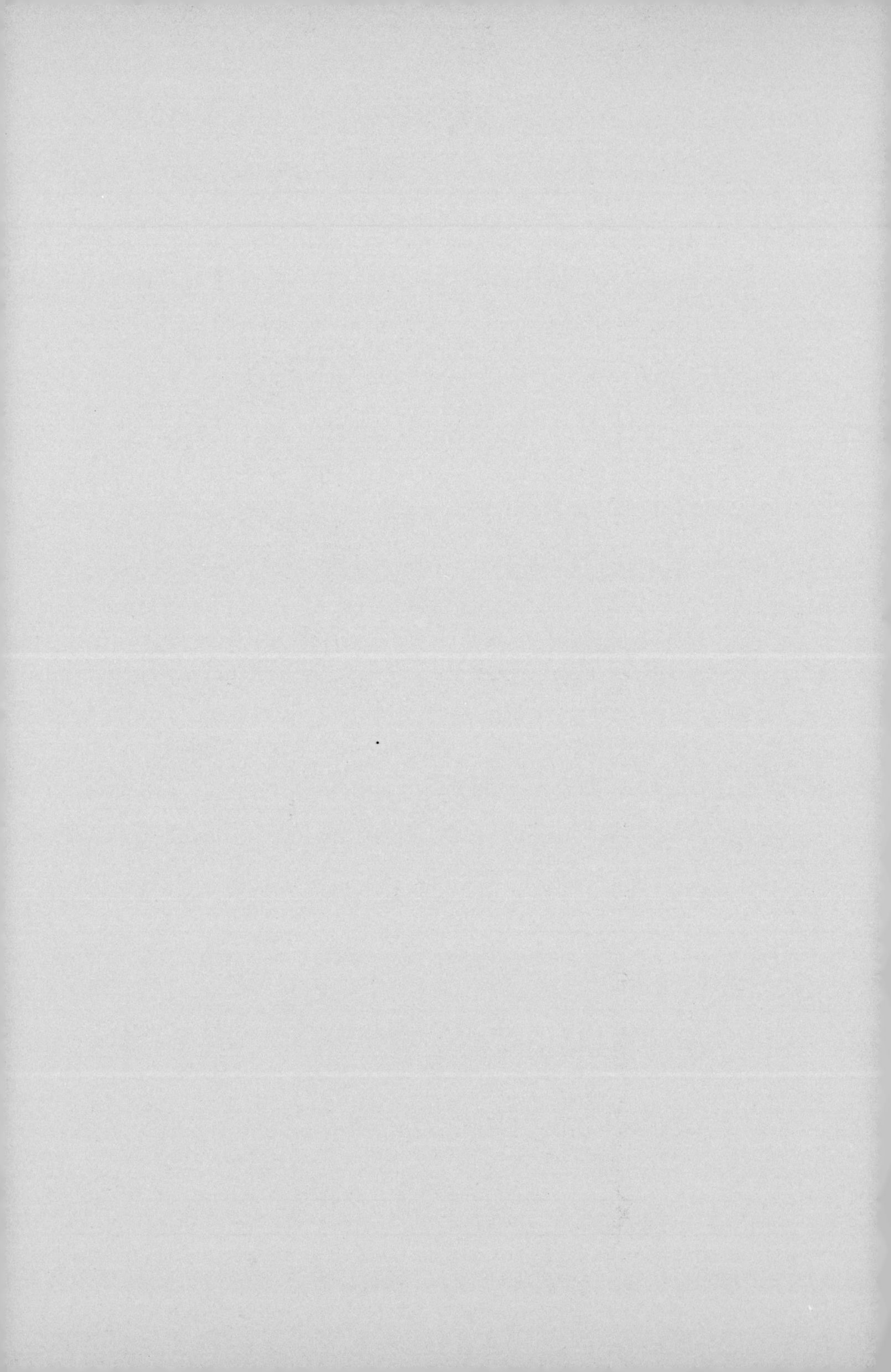

따뜻한 아이스 라떼 한 잔

권영해 에세이

권 영 해

이 시대를 치열하게 살아
오늘의 우리 시대를 만든
'라떼'세대 중의 한 사람.
'라떼'라는 비야냥을 즐거이
깨달음의 화두로 삼고,
이 시대를 살아온
한 '라떼'의 자부심과 즐거운 감동

㈜공장과 경매 부설
울산창업경영연구원 원장
경영학 박사
(전) 현대중공업 인사총괄 전무
(전) 현대중공업 불가리아 법인장
(전) 울산창조경제혁신센터 센터장

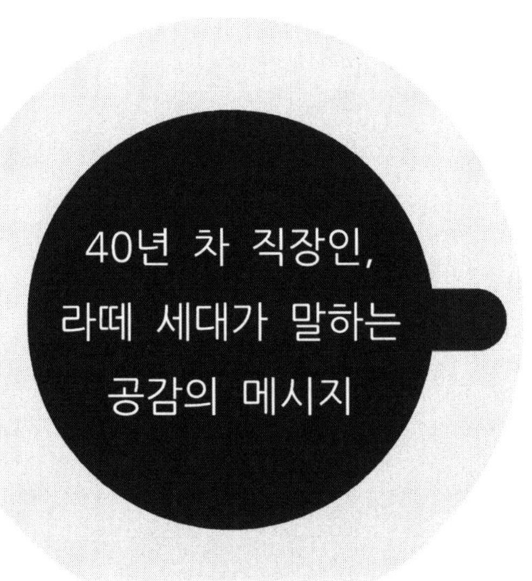
40년 차 직장인,
라떼 세대가 말하는
공감의 메시지

▪ 들어가는 글

- '라떼'의 변 -

올해 초 우리 센터에서 열리는 CEO를 위한 동양고전 강좌 이름을 '라떼 포럼'으로 하자는 젊은 직원, 지혜양의 제안을 들으며 '라떼'라는 단어를 처음 만났다.

'라떼'란 나이 지긋한 상사가 젊은 직원들을 모아놓고 '나 때는 말이야'로 시작하여 본인은 신나지만, 젊은이들에게는 지겹기 그지없는 지난 날 이야기에 '이제 그만 끝내시지요!' 라는 의미로 '라떼' 한 잔을 권한다는 것이었다. 그래서 이 낱말에는 우리 세대를 향한 비아냥거리는 뉘앙스가 다소 들어있는 것도 사실이지만 이 단어를 처음 들었을 때부터 내게는 우리가 살아온 시대에 대해 다시 생각해 보게 하는 깨달음의 화두가 되었다.

젊은이들이 우리 세대를 어떻게 이야기하든 우리 세대가 살아온 '라떼'는 우리의 자부심이다. '라떼'라는 단어가 풍기는 아집과 독선, 그리고 고리타분한 요소만 제한다면, 우리의 '라떼'는 어느 세대보다 더 치열하고 도전적으로 살아왔다고 자부하기에 나는 '라떼'를 사랑한다.

그렇잖아도 시답잖은 책들이 거리마다 넘쳐나는 시대이다. 여기에 또 하나의 군더더기를 더하여 세상을 어지럽게 하지나 않을까 하는 걱정이 있었다. 더구나 평범하기 그지없는 지극히 개인적인 글들이 세상에 무슨 의미를 던질 수 있을까 하는 회의가 줄곧 있기도 하였다.

'한 가지 일을 십 년 이상 한 사람은 그것을 기록으로 남길 의무가 있다. 그것은 선택이 아니라 의무다'

라는 어느 글을 읽으며, 그래, '직장생활'이란 한 가지 일을 40년 이상 해온 나에게도 그것을 기록으로 남길 의무가 있다는 자각이 이 보잘 것 없는 글을 책으로 내게 한 첫 번째 이유이다. 물론 여기서 '십 년 이상의 일'이란 상당히 고상하고 전문적인 일을 의미한다는 걸 알지만, 직장인 한 길로 평생을 살아왔다는 것을 구태여 그 범주에서 제외해야 할 필요를 느끼지 못한다.

'가장 한국적인 것이 가장 세계적이요, 보편적인 것이다'

봉준호 감독이 '기생충'으로 아카데미상을 받고 인터뷰하는 모습을 보며, '그래, 지극히 개인적인 이야기들이 어쩌면 직장인으로 평생을 살아간 사람들의 보편성을 확보할 수 있을지도 모른다.'라는 엉뚱한 공감이 두 번째 회의, 곧 지극히 개인적인 이야기가 세상에 어떤 의미를 줄 수 있을까 하는 의문을 나름대로 해소할 수 있었다.

이 시대는 갈등의 시대이다. 그중 세대 간의 갈등 또한 만만하지 않다. 젊은 세대와 더 많은 대화를 하고, 이해를 깊이 나누고 싶다는 마음이 부족한 글을 구태여 책으로 낸 세 번째 이유라 할 수 있다.

이 세 가지 목적에 이 책이 많이 미치지 못한다 하더라도, 최소한 '나'라는 한 사람이 이 땅에 와서 평생 직장생활을 하며 어떤 생각을 하였으며, 또 어떻게 한 시대를 살아왔는지를 기록으로 남기는 것 또한 무의미하지는 않으리라는 생각이 감히 이 책을 세상에 내놓게 된 또 하나의 동기가 되었다.

나는 '라떼'를 사랑한다.
그래서 나는 '라떼'의 노래를 부른다.

/ 차 례 /

Ⅰ. 직장, 나는 날마다 천국으로 출근했다.

Ⅱ. 가족, 영원한 후원자, 든든한 울타리

Ⅲ. 행복, 삶의 길섶에 흩어진 작은 행복의 조각들

Ⅳ. 생각, 한 생각 바꾸니

Ⅰ. 직장, 나는 날마다 천국으로 출근했다.

1. 중국영업의 비밀

"술이라곤 한 잔도 못하는 사람이 중국에서 영업을 했다고요? 더욱이나 그 당시 시장점유율도 지금보다는 훨씬 더 높았다는데……."

내가 중국에서 건설장비 영업을 했다는 얘기를 듣는 사람마다 던지는 질문이었다.

'春水滿四澤(춘수만사택)'

강소성 상주에서 안휘성 합비로 가는 길가에는 크고 작은 호수마다 봄물로 가득 차 넘실거리고 있었다. 호숫가에는 연초록 실버들이 바람에 날리고, 유채꽃이 온 천지를 노랗게 물들이고 있었다. 양쯔강 유역이 중원 역사에 편입되어 치수 사업이 본격화되기 전, 강물이 자유자재로 흐르던 흔적으로 수많은 호소(湖沼)들이 널려있어 과연 이 지역이 중국의 수향임을 여실히 보여주었다.

그날도 나는 건설장비사업본부 영업총괄중역으로서 날로 치열해지는 중국현지 굴삭기업체의 도전을 극복하고 시장 점유율 확대 전략을 수립하기 위하여 안휘성 합비 대리점으로 가는 길이었다. 대리점에 도착하니 선비 같은 대리점 사장님이 우리를 반갑게 맞아 주었다. 대리점 1층 로비에는 한 벽 전체에 전통산수화 기법으로 벽화가 그려져 있었는데, 자세히 보니 모택동, 주은래, 팽덕회(6.25당시 조선파견 중국군 총사령관) 등 중국 공산당 지도자들이 거의 실물 크기로 그려져 있었다. 대리점 사장이 존경하는 인물들이며, 그 자신 또한 상당한 지위의 공산당원이었다.

2층 접견실에서 인사를 나누고, 상주에서 합비로 오며 만난 아름다운 풍경을 화제로 이야기하다가, 오면서 본 풍경이 고등학교 시절 교과서에서 배웠던, 도연명의 사시(四時)와 너무나 닮았더란 얘기를 나누었다. 마침 이 시는 그리 어렵지 않아 통역을 통하지 않고 필담으로 주고받을 수 있었다.

春水滿四澤(춘수만사택)
夏雲多奇峰(하운다기봉)
秋月揚明輝(추월양명휘)
冬嶺秀孤松(동령수고송)

봄물 연못 마다 넘실거리고
여름 구름은 기이한 봉우리에 가득하네
가을 달 밝은 빛 환하게 비추고
겨울 산마루엔 소나무 한 그루 빼어나네

중국 고전과 문화에 자부심을 가지고 있던 사장은 자신의 문화를 이해하는 본사 중역을 만난 것을 무척 즐거워했다. 접견실 벽 한 쪽에는 족자 한 폭이 걸려 있었는데, 거기에 쓰인 시 역시 고교시절 교과서에 실려 있어 잘 알려진 만당(晩唐)시대의 시인 두목의 산행(山行)이었다.

遠上寒山石徑斜(원상한산석경사)
白雲深處有人家(백운심처유인가)
停車坐愛楓林晩(정거좌애풍림만)
霜葉紅於二月花(상엽홍어이월화)
저 멀리 차가운 산에는 돌길이 비스듬히 나 있고
흰 구름 깊은 곳에 인가 몇 채
수레를 멈추고 앉아 늦은 단풍을 완상하노니
서리 맞아 물든 단풍이 2월 꽃보다 더 붉구나!

뭐, 대강 이런 뜻으로 이해할 수 있을 것이다.

그런데 자세히 보니 승구(承句 ; 둘째 절)가 내가 고교시절 배웠던 구절과 조금 달랐다. 곧 우리가 배우던 교과서에는, 白雲生處(백운생처 : 흰 구름 이는 곳)로 되어 있었고, 지금 보는 족자에는 白雲深處(백운심처 ; 흰 구름 깊은 곳)로 쓰여 있었다. 그래서 내가 대리점 사장에게,

'뭐 그 뜻에는 별다른 차이가 없고, 판본에 따라 혼용되는 듯하지만, 내가 알고 있는 것과는 다르다'

고 얘기했다.

그는 그럴 리 없다고 얘기하며 서가로 가서 자신 있게 당시집(唐詩集)을 가지고 왔다. 아마도 자신이 맞다는 것을 보여 주고 싶었던 모양이다.

당시집을 열어본 그는 갑자기 내게 엄지를 들어 보이며, 당신이 맞는다는 것이었다.

그 이후 한시라고는 고등학교시절 교과서에 실린 중국의 대표적인 한시 몇 편 외에는 따로 공부한 적이 없는 나를 대단한 한학의 대가로 생각하며 분에 넘치는 존경을 보내는 것이었다. 뿐만 아니라 중국에 있는 다른 대리점 사장들에게도 무슨 소문을 내었는지 그 전에는 대리점을 방문하면 떠날 때 선물로 56도가 넘는 고급 백주를 선물로 주곤 했던 분들이 서화 족자나 부채, 혹은 간단한 골동품들을 선물로 주는 것이었다.

그중 서안(옛 장안) 대리점 사장은 바로 위 두목의 시를 서안 지방 서예대가가 쓴 작품을 선물로 주었다.

그 서예대가의 소개서가 함께 첨부되어 있었는데, 거기에는

'……隨抗美援朝戰爭(수항미원조전쟁)…….'

라고 쓰여 있었다. 곧 그가 젊은 시절 '항미원조전쟁(抗美援朝戰爭 : 미국에 대항하여 조선을 지원하는 전쟁, 곧 6.25전쟁)'에 참여하였다는 것이다, 그는 6.25 때 '중공군 오랑캐'로 참전하였던 것이다. 세월의 흐름은 옛날의 적을 친구로 만드는 마력을 가지고 있음을 깨달을 수 있었다.

아무튼 우리는 사업파트너에서 문화를 나누는 파트너로 승화되어 갔고, 비즈니스의 기초는 상대방 문화에 대한 이해와 존중이라는 지극히 상식적인 진실을 깨닫게 되었다. 우리의 영업실적도 덩달아 올라갔음은 물론이다.

우리는 사업파트너에서 문화를 나누는 파트너로 승화되어 갔고, 비즈니스의 기초는 상대방 문화에 대한 이해와 존중이라는 지극히 상식적인 진실을 깨닫게 되었다.

---

2. 나라가 망하면

“죄송합니다. 오늘 이후 한국계 기업에 대한 모든 신규 대출을 중단하고, 기존 대출 또한 가장 빠른 시일 안에 회수하라는 지시를 독일 본사로부터 받았습니다. 귀사에 대한 당좌대월계약은 더 이상 추진할 수 없습니다!”

1997년 12월 초순, 독일계 은행인 드레스너뱅크 소피아 지점장은 회의 탁자에 앉자마자 커피도 채 나오기 전에 내게 던진 말이었다.

1997년 10월, 내가 불가리아 현지법인에 부임하였을 당시, 불가리아는 외환의 부족으로 대외채무에 대한 상환불능에 빠져 이미 IMF의 통제 아래 있었다. 우리가 인수한 수도 소피아 소재 변압기 공장도 해외로부터 자재를 수입할 수 없어 변압기를 수주해 놓고도 자재가 없어 제품을 만들 수 없을 정도로 금융시스템이 무너져 있었다.

내가 부임하여 제일 먼저 해결해야 할 일이 운영자금을 조달하고, 자재수입에 대한 신용장을 개설하는 일이었다. 주거래은행이었던 드레스너뱅크와 200만 불 규모의 금융지원과 수입자재에 대한 신용장을 개설하는 계약을 추진해 왔다. 동 은행은 한국기업 현대가 인수한 회사이므로 그 정도의 대출과 신용제공은 아무 문제가 없다며 아주 호의적으로 일을 진행해 왔다, 그런데 그날 아침 갑자기 이런 폭탄선언을 한 것이었다.

그날이 바로 한국이 IMF구제 금융을 받으며 IMF체제로 들어간 '국가부도의 날', 그날이었다. 정부보유 외환이 거의 바닥에 이르러 10월에 달러당 950원 하던 환율은 2개월이 채 못 되어 1,800원을 지나 2,000원에 육박하고 있었고, 일본을 비롯한 채권국들은 상환을 더욱 압박하고 있었다.

'상황은 이해하지만, 금융기관이란 것이 기업이 어려울 때 피를 흐르게 하는 역할을 하는 곳이 아닙니까? 한국이 어려움에 처해있는 것은 사실이지만, 우리 현대는 선박매출의 90% 이상을 수출하여 달러로 받기 때문에 환율의 급상승으로 오히려 엄청난 이익을 시현하고 있으므로 조금도 걱정할 필요가 없습니다.'

어찌하든 은행을 설득하여 대출라인을 열려고 애썼지만, '잘 압니다. 현대는 충분히 믿을 수 있지만, 국가부도 지경에 빠진 한국은 믿을 수 없습니다. 국가 리스크가 너무 커서 대출은 불가합니다. 죄송합니다.'

이것으로 끝이었다.

여러 가지 말로 설득을 시도했지만, '부도난 국가'의 기업에게는 대출이 불가능하다는 대답을 듣고 돌아설 수밖에 없었다. 나라가 망하면 거기에 속한 국민도, 기업도 같은 취급을 받을 수밖에 없다는 냉정한 현실만 확인할 수 있을 따름이었다.

1989년 말 베를린 장벽이 무너지며 70년간의 사회주의 실험은 참담한 실패로 끝났고, 불가리아 또한 사회주의 체제를 마감하고 새로운 체제를 세워나가고자 노력하는 중이었다. 그러나 무너진 경제를 되살리는 일은 그리 만만하지 않았다. 정부는 국유자산을 헐값으로 외국 기업에 팔아 치우기 시작하였다.

우리 현지법인도 그해 8월, 290만 달러(당시 환율로 약 25억 원)에 매입을 하였는데, 10만평에 달하는 본 공장, 50km 떨어진 지방에 각종 고급 기계를 갖춘 3,000평 규모의 기계가공공장이 있었고, 거기에 흑해연안 경관 좋은 해변에 방갈로 70여 채가 있는 3,000평 휴양시설, 또한 수도 소피아의 안산 비토샤산 중턱의 호텔까지 포함한 가격이었으니 얼마나 싼 가격에 매각하였는지 짐작할 수 있을 것이다.

경제가 무너지고 정부와 국민이 가난해지니 도로가 패여도, 건물이 낡아도, 손 댈 수 있는 돈이 없으니 도시는 온통 잿빛으로 급속하게 슬럼화 되어 가고 있었다.

국민의 생활은 참으로 보기 힘들 정도로 비참하였다. 우리 회사 직원들의 평균 월급이 100달러에 불과하였다. 아무리 물가가 싸다고 하여도 100달러로 4인 가족이 살아가기 위해서는 추운 겨울에도 노인이나 어린이가 있는 집에서도 난방기를 틀지 못하였다. 사회주의 체제가 자랑하던 연금제도도 무너져 최고 연금 수령액이 우리 돈 5만 원에도 미달하였다. 거기에 우리 회사에는 1,000여 명의 직원이 있었지만, 그들은 그 회사의 매입자인 현대에서 나온 나를 비롯한 두 명의 직원에게 생사여탈권을 담보 잡히고 있었으니 그 참상은 상상 그 이상이었다. 실제로 우리는 경영합리화를 위해 6개월 안에 500여명을 정리할 수밖에 없었다.

정치적으로 다른 나라의 식민지가 되는 것도 비참하지만, 경제적으로 주권을 잃고 다른 나라의 식민지가 되는 것은 그보다 훨씬 더 비참하다는 것을 온몸으로 느낄 수 있었던 너무나 추운 그해 겨울이었다.

정치적으로 다른 나라의 식민지가 되는 것도 비참하지만, 경제적으로 주권을 잃고 다른 나라의 식민지가 되는 것은 그보다 훨씬 더 비참하다는 것을 온몸으로 느낄 수 있었던 너무나 추운 그해 겨울이었다.

3. 감사절에 띄우는 편지

최 사장님!

가을이 깊어졌습니다.

그간에도 건강하시고, 여전히 열정적으로 살고 계시리라 믿습니다.

선배님들 앞에는 송구한 표현이지만, 올해는 제가 1980년 사회생활을 시작한 후 41년째 되는 해입니다.

올해 정초, 제 직장생활의 마지막이 될 한 해를 맞이하며, 지난 40년의 직장생활 굽이굽이마다 제게 가르침과 도움을 주신 분들 생각이 많이 났습니다. 올해는 어떻게든 한 분 한 분 찾아뵙고 감사의 인사를 드려야겠다고 다짐을 했습니다만, 저의 게으름으로 아무 것도 못하고 올해의 끝자락에 이르고 말았습니다.

2009년 1월 첫 출근 날, 본관에서 조찬회를 마치고 사장님(그 당시는 전무, 건설장비 부본부장)의 자동차를 함께 타고 건설장비사업본부로 가고 있었습니다. 그때 사장님께서는 제게 말씀하셨지요.

"야! 권상무! 저기 봐! 건설장비는 우리 회사의 가장 끝이야! 더 이상 갈 곳은 없어! 이제 당신과 내가 건설장비 못 살리면 저 동해바다에 빠져죽어야 돼! 알았어?"

그 전 해인 2008년, 중국의 미수금 과다 문제로 건설장비 중역 5명이 퇴진하고, 사장님과 제가 그리로 갔지요. 그해 매출 목표를 안전하게 1조 이하로 낮추라는 원가부문의 권고를 사장님께서는 단호히 거절하고 1조 2천억인가를 고수하고, 그해 연말 그 목표를 기어이 달성하고야 말았지요.

2년 후 제가 인사총괄중역으로 건설장비사업본부를 떠날 때, 제 기억으로 3조 3천억 원의 본사 매출과 글로벌기준으로 거의 5조 원에 육박하는 실적을 올릴 수 있었던 것은 사장님의 뜨거운 열정으로 밖에 설명할 도리가 없었습니다.

그해 매출목표가 2조 7천억 정도로 기억하는 데, 3조 3천억을 달성하고는 저와 이런 대화를 나누었는데, 혹 기억하시는지요?

"뭐, 본부장님께서 잘 하셔서 3조 3천억이나 매출을 달성하신 줄 아십니까? 아닙니다! 시장이 좋아져서 그렇지요"

사장님께서는 조금은 떨떠름한 표정으로,

"그, 그렇겠지?"

"그렇습니다. 당초 목표 2조 7천억 원에서 3조로 매출이 증가된 것은 시장의 영향이지만, 거기서 3천억 원을 더 한 것은 오롯이 본부장님의 열정과 의지였습니다. 그만큼 초과 달성되었으면, 조금 아껴뒀다가 내년도 실적으로 잡으면 되는데, 본부장님의 끝없는 의지가 3천억을 더하게 되었으니, 3천억은 순전히 본부장님의 존재로 올라간 것입니다."

그때서야 본부장님은 얼굴에 화색이 돌며,

"그래?"

라고 흐뭇해 하셨지요. 저의 질문은 계속되었습니다.

"순수하게 본부장님으로 인하여 3천억의 매출이 더 올랐다면, 이익률을 10%로 보더라도 회사는 최소한 300억 원의 추가적인 이익을 올렸으니, 회사는 본부장님께 최소한 추가 이익의 10%, 곧 30억쯤은 줘야 하는데, 얼마나 받았지요?"

"어? 하나도 안 받았는데?"

참 그때 본부장님을 따라다니며 신나는 직장생활을 하였습니다.

동남아 지역에서 값싼 중국제품의 덤핑으로 가격경쟁력이 없어 우리 굴삭기가 팔리지 않자 본부장님께서는 부품 납품업체를 불러 모아서 부탁하셨지요.

"2,000대분만 부품 값을 10% 낮추어 납품해 달라. 그러면 책임지고 물량을 확보하겠다. 매출을 많이 하면 그만큼 납품업체에도 도움이 되는 것이 아니냐!"

하며 설득하여 동남아 시장을 돌파하기도 했지요.

본부장님께서는 중역, 부서장 회의를 하다가 갑자기 제게 소리를 지르곤 했습니다.

"야! 권 상무! 당장 중국으로 나가!"

"예! 회의 마치고 바로 나가겠습니다."

"지금 당장 나가란 말이야!"

저는 회의 자료를 주섬주섬 챙겨 겁에 질린 듯이 회의장을 떠났고, 회의에 참석한 모든 중역, 부서장들은 바짝 긴장하였고…….

중국에서 출장을 마치고 귀국하겠다고 전화 드리니,
"야! 그 매출 목표 달성하기 전에는 들어오지 마!"
소리 질러 직원들을 긴장하게 하곤 했지요.

대체로 카리스마가 넘치는 리더들에게는 인간적인 따뜻함이 부족하고, 인간적인 감성을 가진 리더는 결단력이 부족한 것이 보통인데, 사장님은 이 모순된 두 가지 요소를 동시에 소유한 특이한 리더였습니다.

중국영업을 위해 그 넓은 중국에 산재한 50여개 대리점과 공장을 방문하며 많은 가르침을 받았고, 중국 전체 연말 대리점 대회를 위해 보르네오 코타키나발루와 인도네시아 발리에 갔던 기억은 참으로 아름답게 남아 있습니다.

2010년 영업을 마무리하고 상해 호텔에서 마지막 날을 보내던 아침이었습니다.

여느 날과 달리 그날은 사장님께서는 15분이나 늦게 언짢은 얼굴로 식당으로 내려와 평소와는 달리 별 말씀도 하시지 않고 앞만 보고 식사만 하셨습니다. 식사 후 커피를 마실 때가 되어서야 짐짓 화난 어투로 혼잣말을 하셨지요.

"비겁하게 지 혼자 살려고……. 돌아다니며 지 갈 자리만 비밀히 알아보고 말이야!"

연말 인사와 관련하여 본사 이 회장님으로부터 저를 인사총괄로 보내라는 전화를 받고, 이를 상의하느라 식사시간에 늦었다는 것을 알았고, 이를 저에게 통보하는 방식이 그랬다는 것을 알아차리고는 저도 한 마디 했지요.

"일하는 것이 맘에 들지 않으면 솔직히 그렇게 말씀하셔야지, 저와는 사전 한 마디 상의도 없이 이렇게 갑자기 다른 부문으로 보내 버리는 것이 말이 됩니까?"

라고 항의를 했지요.

그 후 제가 인사총괄중역을 거쳐 안전총괄중역이 되자 제게 이렇게 말씀하셨습니다.

"지금껏 5시에 출근하여 공장을 돌아봤는데, 이제 당신이 안전을 책임지는 자리에 왔으니, 내가 당신을 위해 할 수 있는 것은 한 시간 더 일찍, 4시에 회사에 출근하여 안전을 점검해야겠어!"

라고요.

참으로 제가 여기까지 이르게 된 데는 사장님의 이러한 마음 속 깊은 도움이 있었기에 가능했음을 다시 돌아보며, 직장생활을 마감하는 이 감사의 계절에 다시 한 번 깊은 감사를 드립니다.

이제 현대중공업 35년, 울산창조경제혁신센터 5년을 마무리하는 시점에 이르고 보니 사장님께서 베풀어 주신 은혜가 더욱 새롭습니다. 남은 삶을 더 보람 있게 살겠습니다. 계속적인 지도를 바랍니다.

늘 건강하시고 집안에 기쁜 일만 넘치는 새해가 되시기를 기도드립니다.

2020년 11월 15일
감사절을 맞이하며
권영해 드림.

4. 이제 여한이 없습니다

“금일 부로 중국 현지생산법인 법인장으로 명령이 났습니다.”

전화 저쪽에서 들려오는 목소리에도, 듣고 있는 나에게도 촉촉한 감격이 묻어 있었다.

그는 우리 회사 최초로 현장기능사원 출신으로서, 최종 학력 지방공업고등학교 출신으로서 주로 중역이 보임되는 해외법인의 법인장이 된 것이다.

내가 그를 처음 만난 것은 1987년 여름, 사우디아라비아 제다에서였다.

나는 그때 관리담당 대리로 홍해 바닷가에 발전소와 담수설비를 건설하여 회교 성지 메카와 휴양지 타이프 지방에 물과 전력을 공급하는 대형 건설공사 수행을 위해 사우디에 파견 나가 있었다. 이 발전소 공사에 소요되는 철구조물은 현장으로부터 약 500km 떨어진 얀부라는 곳에 위치한 회사로부터 납품 받고 있었는데, 그곳에 홀로 상주하며 품질과 납품을 관리하던 직원이 외로움을 견디지 못하여 우울증으로 귀국하게 되자 긴급 파견된 사람이 바로 지금의 강법인장 이었다.

"아니! 해외현장, 더욱이 이곳에서도 다시 혼자 파견되어 중요한 일을 수행하는 자리에 5급 현장 기능공을 보내면 어떻게 하겠다는 건가?"

그가 현장에 도착하자마자 당시 현장소장 양 상무는 그의 면전에서 본사의 조치에 불같이 화를 내며, 과장급 엔지니어의 파견을 본사에 긴급 요청하도록 하였다.

이렇게 그의 사우디 생활이 시작되었지만, 불과 한 달도 채 되지 않아 그의 능력이 나타나 이전보다 훨씬 더 좋은 품질의 제품을 더 정확한 일정으로 현장에 공급하였고, 본사에 요청한 새로운 인력의 충원도 없었던 일이 되고 말았다. 그는 모래바람이 몰아치는 50도가 넘나드는 제작현장에서 너무나 성실하게 직무를 수행하였고, 견디기 힘든 외로움도 이국 사람들과 특유의 친화력으로 극복하고 훌륭하게 업무를 수행하였다.

그는 지금도 가끔 그때 일을 회상하며 나를 힐난하기도 한다.

"그때는 너무 외롭고, 한국말이라고는 어디에서도 들을 수 없어 카세트 라디오를 한 대 사달라고 관리에 요청하였더니, 규정에 없다고 거절하여 제 돈으로 샀던 것 기억하나요?"

하여튼 그는 그 파견지에서 직무를 훌륭하게 완수하고 홍해 바닷가 본 공사 현장으로 돌아온 후에도 현장의 중심 역할을 했다.

귀국 후 수년이 지난 어느 날 그는 씁쓸한 얼굴로 내게 말하였다.

"밖에서 또래 친구들과 놀면서 자신들의 아버지 직급에 대하여 다투다가 들어온 초등학생 아들 녀석이 '아빠는 언제 부장님이 되세요? 빨리 부장님 되세요!' 라고 원망을 하는 데 할 말이 없더군요……."

그 말은 듣는 나의 마음도 몹시 아팠던 기억이 30년 가까운 세월이 지난 지금도 가슴을 아리게 한다.

우리 회사의 인사제도는 현장 기능직과 관리직 직급이 완전히 분리되어 있었고, 기능직사원이 관리직으로 전환하는 것은 어려운 일이었다. 기능직사원으로서 일반직 부장이 된다는 것은 더더욱 불가능에 가까운 일이었다.

생각해 보면 근대로 들어오며 반상의 신분제는 무너지고

자유 평등의 시대가 되었지만, 산업화를 거치며 이 사회와 기업에는 새로운 신분제도가 강고하게 자리 잡기 시작하였으니, '학력'이라는 신분제도의 굴레였다.

고졸로 회사에 들어오면 기능직 혹은 일반직 7급 사원으로 시작하였고, 대졸로 입사를 하면 일반직 4급 사원으로 출발하여 일정 근무 연수를 채우면 심사를 거쳐 대리, 과장, 차장, 부장을 거쳐 중역으로 승진할 수 있었다. 물론 기능직에도 일반직에 상응하는 직급제도가 있었지만, 승진의 폭이나 승진 후의 처우에는 현저한 차이가 있었다.

당초에는 같은 직급이라도 고졸과 대졸의 직급별 소요 필요 연수가 달라 같이 승진했더라도 고졸사원은 승진이 더 늦을 수밖에 없었다. 그 후에는 제도가 개선되어 이러한 차별은 없어졌지만, 눈에 보이는 제도적 차별보다 더 심각한 것은 '저 사람은 고졸 대리, 혹은 과장'이라는 정서적 낙인효과로 눈에 보이지 않는 차별이 수많은 우수한 고졸 사원의 가슴을 멍들게 하였음도 사실이다. 이러한 사회적 환경은 그들의 능력과 마음을 평생 지배하여 뛰어난 잠재 능력에도 불구하고 좌절한 사람들이 얼마나 많았을까 생각하면 짠한 마음이 든다.

여하튼 이런 갈등 속에 있을 때, 경쟁사인 S사가 해외플랜트의 대대적인 수주에 따라 인력의 확보가 긴요하게 되었다. S사는 아예 우리 회사 앞에 베이스캠프를 차려놓고 우수한 우리 사원들을 은밀하게 접촉하고 있었다.

당연히 강 법인장(당시 기원, 일반직 대리급에 해당)에게도 스카우트 제의가 들어왔고, S사에서는 일반직 과장을 주겠다는 파격적 제안을 해왔다.

강 법인장이 나의 의견을 듣고자 찾아왔을 때 나는 조금도 망설이지 않고,

"떠나라! 그 능력을 마음껏 발휘해라! 당신을 억누르던 신분의 굴레를 벗어나는 길은 그 길밖에 없는 것 같다."

그는 사직서를 내고, 결재 절차를 밟아 나아갔다.

그러나 일이 진행되면서 그가 우리 회사를 떠났을 때 현재 맡고 있는 일, 즉 원자력 관련 공사의 자격관리가 걱정이 되고, 또한 그만한 인재를 잃는 것이 너무나 아쉬웠고, 회사의 중견관리자로서 이렇게 방관 내지 부추기는 나의 자세가 올바른 일인지에 생각이 미치며, 그가 회사에 남도록 하는 것이 합당하다는 생각에 이르러 그를 설득하기 시작하였다.

"강형! 이직 문제를 다시 한 번 잘 생각해 봅시다. 당신의 능력이 출중하여 우리 회사에서 인정을 받고 있는 것은 사실이지만, 십대에 우리 회사에 와서 십 수 년 동안 쌓은 경험과 수많은 인연들이 바탕이 되어 오늘날의 평가

를 이루어온 것을 볼 때 과연 중간에 S사에 이렇게 들어가서도 같은 인정을 받을 수 있을 것인지, 그리고 인재의 단맛을 단기적으로 사용하고 버리는 경향이 있다는 S사에 대한 세평도 신경이 쓰입니다.

신분의 굴레가 있는 것은 분명하지만, 오히려 여기서 조선 최고의 기능직 사원이 되고, 나아가 이 굴레를 깨부수는 사람이 되면 어떻겠습니까?"

나의 어쭙잖은 설득이 통했는지, 그 당시 인사 비전이 분명하고, 인격자였던 인사부장의 감화였던지는 몰라도 강법인장은 사직서를 철회하였다.

그 후에도 S사의 스카우트 노력은 계속되었는데, 우리 회사 일반직 대리직급인 기능직 기원에 불과하던 그에게 옮겨오기만 하면 차장직급을 부여하겠다고 제안하였고, 그것마저 완곡하게 거절하자 사택을 제공하고 6개월간 미국 연수를 제시하기까지 하였다.

그 후 그의 회사에서의 활약은 더욱 두드러졌는데, 공고 졸업자로 특별한 영어교육을 받은 바도 없는 경력으로 미국 휴스톤에 1인 감독관으로 나가 품질검사는 물론 제작사와 기술미팅 등을 1년여 동안 훌륭하게 완수하였다. 그 후에는 아랍에미레이트 화학공장에 납품하는 타워를 혈혈

단신 중동까지 수송하여 성공적으로 설치하기도 하였다. 이때 발주처는 다음 프로젝트를 추진 중이었는데, 강 법인장의 일하는 것에 감명을 받아 새로운 프로젝트도 우리 회사에 발주한 적도 있었다.

강 법인장이 중국보일러 생산 공장에 품질과 생산을 담당하며 파견된 것이 올해로 10년이 넘었다. 그동안에도 유럽 여러 나라를 넘나들며 영업활동까지 하며 법인을 이끌어 왔다.

그러던 중 우리 회사가 사업 분야별로 분리하며 그가 소속된 보일러 부문이 독립법인이 되었고, 이 분리 법인에는 기능직 사원제도가 없어 기능직 부장급이던 기정에서 자동으로 부장으로 전환되었다. 아빠는 언제 부장이 되느냐고 물어 아빠의 가슴을 아프게 했던 아들은 이미 30고개를 넘어섰고, 강 법인장 자신도 58살이 되어서야 부장이 되었다.

작년에 정년을 맞이하였으나, 회사에서는 1년을 더 일해주기를 요청하였고, 드디어 우리나이 62세에 중역 급에 해당하는 법인장으로 승진을 한 것이다,

며칠 전 국내에 있는 그의 부인과 전화로 오랫동안 지난 세월의 아픔과 기쁨을 함께 나누며 강 법인장의 승진

을 축하였다.

내가 전무로 승진하였을 때 바로 그 부인이 내게 보내준 축하문자가 내가 뽑은 '베스트 축하 인사'로 선정되었었는데, 강 법인장 부인의 축하 인사는 나의 승진을 축하하는 것이 아니라,

"전무님! 전무님을 승진시킨 회사가 복입니다!"

이었다.

나 또한 그대로 그 축하를 돌려주었다.

"강 법인장을 법인장으로 승진시킨 그 회사가 복입니다!"

아울러 내 가슴 한편에 있던 한도 다 녹아 없어지는 것을 느끼며,

"저도 이제 여한이 없습니다!"

5. 가지 않은 길

젊은 시절에는 선생님이 되고 싶었습니다. 주변에서도 선생님 하면 무척 어울릴 것 같다는 얘기를 많이 들었습니다.

귀가 얇은 나는 진짜 선생님이 어울릴 것 같아 회사에 입사한지 1년 반 만에 회사를 그만두고 선생님이 되겠다고 결혼한 상태로 대학원에 진학하는 무모함을 저질렀지요.

그러나 이 무모한 탈출은 해외유학의 좌절, 자녀를 가진 가장으로서의 무게 등으로 3년 만에 현대중공업으로 돌아오며 끝나 버렸지요.

그렇게 되고 싶었던 교수를 60살에 박사학위를 받고, 회사를 전무로 은퇴한 후에야 지도교수의 도움으로 울산대학에서 시간을 얻어 조직행동론을 가르치며 이루게 되었습니다.

꿈에도 그리던 교수로 대학에서 가르치게 되었지만, 이미 달라져버린 학생들과 교수사회의 비생산적인 자리다툼으로 별로 중요하지도 않은 일로 질시 반목하는 것을 보며 교수직에 대한 환상은 깨어지게 되었지요. 무엇보다도 꼭 같은 과목을 3학기를 가르치고 보니, 거의 같은 내용을 평생 가르쳐야 한다고 생각하니 숨이 턱턱, 막히는 것 같았습니다. 순간순간 경영환경변화에 새벽부터 출근하여 대처해야하고 낯선 해외현장과 해외법인에서 10여년 고군분투해야 했던 회사생활이 만만하지는 않았지만, 이런 물속같은 정적보다는 훨씬 더 활기찼다는 것을 확인할 수 있었습니다.

그렇게 되고 싶었던 대학 선생님이 되고나서야,

'아! 교수로 평생 살지 않은 것이 얼마나 다행한 일인가!'

"권 전무는 목사가 되었으면 좋았을 거야"

지금까지 살아오며 가까운 친구나 상사로부터 참 많이 들어온 말입니다.

반세기를 교회생활을 하며 입 있는 사람마다 목사님을 향하여 비평이나 험담을 하는 것을 보며 나는 도저히 감당할 인격의 그릇이 못 된다는 것을 알아차리고 나서는,

'아! 목사 안 된 것이 얼마나 다행한 일인가!'

사실 이제 고백하지만, 젊은 시절, 경제학 전공을 바탕으로 고시를 준비하며 공무원을 꿈꾸기도 했습니다. 하지

만 자신의 실력이 부족함을 일찍 인식하고 기업으로 방향을 돌렸지요.

회사를 퇴임하고 공직유관기관의 책임자가 되면서 공직자의 속살을 조금이나마 엿보게 되며 공무원이 되지 않은 것이 얼마나 다행한 것인지를 깨닫게 되었습니다.

뛰어난 머리로 그 어려운 시험을 통과하여 사무관이 되고, 또 그 후에도 열심히 일하여 서기관으로 승진하여 광역시의 과장을 맡고 있었지만, 행사를 준비하며 그 분들이 가장 관심을 갖는 것이 그 행사를 통한 실질적인 성과와 국민들에게 그 예산을 사용하여 얼마나 도움이 되느냐가 아니라, 오직 앞자리에 누구를 앉게 하느냐, 자신의 상사가 홀대받는 자리에 가지 않을까, 그로 인하여 혹 위로부터 질타를 받지 않을까가 그들의 일의 전부인 것처럼 신경을 쓰는 것을 보며, 참 저렇게 똑똑한 인재들이 공직 몇 년에 저렇게 매너리즘에 빠지고 마는가 하는 안타까움이 있었지요.

더욱이나 자기 몸 사리지 않고 헌신적으로 자신이 만든 창업기관을 자식처럼 돌보던 참 공무원은 단지 그들과 석별의 정을 나누었다는 이유만으로 피감기관과 유착되었다며 국감에 까지 불려 나가고 징계까지 받는 풍경을 보며, 공무원이란 것이 얼마나 할 만한 것이 아닌가 하는 생각을 더 굳히게 되었습니다.

실력이 모자라 공무원이 될 수 없었지만, 60을 넘어서며 그런 공무원 되지 않은 것이 얼마나 다행한 일인지 가슴을 쓸어내리게 됩니다.

목사도, 교수도, 공무원도 나의 길이 아니라면 나에게 남은 길은 무엇인가 생각해 봅니다. 역시 남은 길은 바로 내가 평생 걸어온 기업, 현대중공업이 나의 길, 가장 행복했던 길인 것 같습니다.

로버트 프로스트는 가지 않은 길을 아쉬워했지만, 나는 가지 않은 길을 다행으로 여깁니다.^^

6. 내가 만난 사회주의

1.

"부사장님께서 아세틸렌공장을 폐쇄하라고 지시하셨지, 공장에 근무하는 인원을 처리하라는 지시는 하지 않았잖아요?"

우리 회사가 인수한 불가리아 현지법인의 인사부장인 밀라노바 아줌마가 억울하다는 표정으로 내게 말하였고, 나는 어이가 없어 할 말을 잃고 말았다.

내가 파견된 불가리아 변압기 공장은 소련을 비롯한 동구 공산주의 국가에서는 가장 큰 규모의 변압기 공장으로 한 때 6,000명이상이 근무했던 공장이었다. 그러나 1980년대에 들어서며 사회주의 경제의 비효율성이 노출되며 경쟁력이 떨어져 거의 문을 닫을 지경에 이르렀고, 1989년 베를린 장벽이 허물어지며, 사회주의 경제 체제는 종언을

고하게 된다. 우리 회사가 이 공장을 단돈 290만 달러에 인수했을 때 전 직원은 1,000여명 수준으로 떨어지고, 매출액도 1,000만 달러를 하회하고 있었다.

처음 부임하여 시작한 업무가 무너진 금융체제를 복구하는 것과 경영을 합리화하는 일이었다. 그중 하나가 위에서 말한 아세틸렌공장의 폐쇄였다. 변압기 외부구조물을 용접하기 위해서는 아세틸렌이 필요하였고, 그 공급을 위하여 생산 공장을 운영해 왔던 것이다. 그 공장에는 10여명이 근무하고 있었는데, 변압기 물량은 전성기의 100분의 1에도 못 미쳐 공장에서 필요한 아세틸렌을 생산하여 사용하는 것보다 외부에서 구입하여 쓰는 것이 10배 이상 싸게 먹혔다.

그래서 먼저 생산총괄 중역인 블라제프에게 아세틸렌 공장을 폐쇄하고, 필요한 아세틸렌은 외부에서 병으로 사서 쓰도록 지시를 하였더니만, 그 또한 이해할 수 없다는 표정을 지으며,

“아니, 미스터 권, 우리가 생산해서 쓰면 공짜인데, 외부에서 사서 쓰면 그 만큼 돈이 드는데, 왜 공장을 폐쇄하라는 것이지요?”

“……”

정부가 임금을 책임지는 이 분들에게는 경쟁력이란 개념이 아주 없었다. 공장 내부에서 만들어 쓰면 돈이 들지 않는다고 굳게 믿고 있었다.

하여튼 우여곡절 끝에 아세틸렌공장을 폐쇄하고 외부에서 구입하여 쓰기 시작하였다. 부임 후 챙겨야할 것이 너무 많아 이 일은 깜빡 잊어버리고, 한 달 정도가 지난 후 공장을 순시하다 보니, 아세틸렌공장의 따듯한 담 모퉁이에 작업자들이 해바라기를 하고 있기에 동행한 인사부장 밀라노바 아줌마에게

"저분들은 누구이길래 근무시간에 저렇게 해바라기를 하고 있지요?"

라고 물었더니

"아! 예! 저 분들은 바로 아세틸렌 공장에서 일하던 직원들인데, 당신이 아세틸렌 공장을 폐쇄하여 할 일이 없어 저렇게 놀고 있습니다."

"아니, 뭐라고요? 그래, 내 지시가 없었다고 저 사람들을 한 달씩이나 그냥 빈둥거리게 두었다고요? 허! 참!"

불가리아에 와서 억장이 무너지는 일이 수도 없이 많았지만, 원가절감을 위해 공장을 폐쇄한 지 한 달이나 지났는데, 단지 별도 지시가 없었다고 인사부장이 인원을 그냥 방치해 두다니…….

2.

한 번은 법무담당 답체프가 여상스런 얼굴로 내게 와서 "이게 최근 나온 관보인데, 법률이 바뀌어 회사가 이러저런 조치를 법에 따라 해야 하는데, 하지 않아 회사가 수억 원 상당의 벌금을 내야합니다."

"아니! 답체프! 왜 그런 법률의 변동이 있으면 사전에 내게 알려 조치하도록 하지 않습니까?"

"물론 사전 공지를 하지요."

"그러면 그 법률이 적용되기 전에 조치를 취해야지 이제 와서 벌금을 내야한다고 하니 어떻게 된 일입니까!"

내가 하도 기가 막혀 화를 냈더니만, 오히려 내가 이상하다는 표정을 지으며,

"아니! 미스터 권이 이 법이 바뀌었는지 조사하여 보고하라는 지시도 하지 않고 이제 와서 내게 화를 냅니까?"

하고 오히려 내게 역정을 내는 것이었다.

그 당시 불가리아는 사회주의 법률 체계가 무너지고, 자본주의 체계를 세워가는 중이었으므로 법률이 매우 불안정하여 참으로 기업을 경영한다는 것이 지뢰밭을 걸어가는 긴장의 연속이었다. 이런 가운데 법률 담당 직원은 자율적으로 법률의 변화를 추적하는 것이 아니라, 내가 그 법률이 바뀌었는지를 물어보지 않았다고 항변하니 참으로 숨이 막혔다.

3.

온 공장이 15cm도 넘는 눈에 묻혀 있던 어느 겨울날이었다. 회사를 한 바퀴 순시하다 보니 낡은 문이 달린 허름한 사무실을 발견하였다. 부임 한지 1년이 넘었지만, 한 번도 들어가 본 적이 없는 조그마한 건물이었다.

그날도 인사부장 아줌마와 함께였다.

찌그러진 문을 열고 들어가니 50대 근로자가 철사를 감아 만든 사제 히터를 발아래 놓고 멍하니 앉아 있었다. 내가 인사부장 아줌마께 물었다.

"여기는 무엇하는 곳이며, 저 부인은 무슨 일을 하나요?"

"예, 여기는 방송실이고, 저 분은 방송요원입니다."

"일상 업무가 무엇이지요?"

"예, 출근하면 공장지역에 라디오가 나오도록 스위치를 on으로 올리고, 퇴근 시에는 off로 내립니다."

"그 외에는?"

"비상시나 방공 대피 훈련 시에 사이렌을 울리지요. 냉전 시에는 NATO국가인 터키, 그리스와 국경을 접하여 훈련을 많이 했는데, 최근 10년간에는 한 적이 없지요."

"그 외에 다른 업무는 없습니까?"

"예, 그것 뿐입니다."

사실 이곳에 처음 부임했을 때 직원들의 월급을 100달러 내외로 지급할 때는 너무나 가슴이 아팠다. 아무리 국가경제가 망가지고, 물가가 저렴하다 하여도 100달러의 급여로 살아간다는 것이 쉽지 않은 일이었고, 그들이 겨울을 얼마나 어렵게 나는지를 알고 있었기 때문이었다.

그러나 이곳에 와서 비효율과 생산성을 자세히 알고 나서는 오히려 100달러도 비싸다는 생각까지 들기도 했음이 사실이다. 위에서 말한 방송 요원의 경우 한 달 내내 실질적으로 일한 시간을 합산해 보면 1시간도 채 되지 않는다고 생각해 보면 그들의 한 달 월급이 100달러가 아니라, 시급이 100달러라고 계산할 수 있으니 사회주의 경제의 허구가 얼마만한 지를 알 수 있을 것이다.

'능력에 따라 일하고, 필요에 따라 받는다.'는 이상은 얼마나 고귀한 것인가! 완전고용을 추구하고 국가가 일자리를 책임지는 제도는 얼마나 멋진가!

그러나 이 완전고용을 위해서는 노동시장에 신규로 들어오는 노동 증가율만큼 경제성장이 매년 이루어지거나, 아니면 기존의 일을 여러 사람이 계속 나누어야 한다. 경제성장에는 한계가 있으니, 한 사람이 하던 일을 두 사람이 하고, 두 사람이 하던 일을 다시 네 사람이 나누어 해야 하니, 사회주의 경제가 결국 파국에 이를 수밖에 없었던 것은 당연한지도 모를 일이다.

7. 윤 전무 평전

내가 그를 처음 만난 것은 1981년 봄이다. 나는 그때 입사 1년을 막 넘긴 때였으니, 이를테면 그는 나의 입사 후배였던 셈이다. 그러나 그 관계는 곧 역전되었다. 내가 입사 1년 반 만에 대학원으로 진학하고자 퇴사했지만, 대학원 졸업 후 교수직을 얻는 일이 여의치 못하자, 예전 상사의 부름으로 3년여 만에 회사로 돌아오게 되어 그를 다시 만나게 되었다. 재입사 후 나는 해양사업의 원가기획을 맡고 있던 그와 사수와 조수로 일을 시작하게 되었으니, 이제는 내가 그의 후배가 된 것이다. 그는 그때 이미 대리로 승진하여 있었고, 나도 대리로 재입사는 했었지만, 그가 대리 승진연차가 빨라 그 후의 승진에도 그가 훨씬 더 앞서갔기 때문이다.

그는 당시 대리급을 훨씬 넘는 능력을 발휘하고 있었고, 그의 상사 P이사 또한 그의 능력을 높이 인정하여

"부장보다 훨씬 낫다!"

라는 말을 공공연히 하고 다녔고, 훗날 그 상사 분은 서울의 핵심부서로 이동하며 그를 서울로 데리고 가기도 했으니, 얼마나 그의 능력을 높이 사고 있었는지 알 수 있을 것이다. 물론 그 자신은,

"말로만 그러셨지, 중역이 될 때까지 단 한 번도 특별히 승진시킨 적이 없어!"

하면서 특별히 인정받은 것을 부인하곤 했다.

그럼에도 불구하고 그가 그 당시 또래에 비하여 특출한 능력을 가지고 있었던 것은 분명하다. 내가 재입사 후 얼마 지나지 않은 어느 날이었다. 말레이시아에서 발주한 해상플랜트 공사 예산을 수립하기 위하여 조수인 나를 대동하고 공사전담 PM 부서를 방문하였다. 그는 그 부서에 가서 인사도 하는 둥 마는 둥 하고는 자리에 앉자마자 계약서와 도면을 놓고 바로 공사현황 파악에 들어갔다.

"여기가 말레이시아 북부 보르네오 사바에 있는 항구도시 미리입니다. 우리가 제작, 설치할 석유채굴 시설은 여기서 동북쪽으로 120KM 떨어진 해상입니다. 대형 자켙 두 기가 이렇게 설치되고 그사이에는 이런 철 구조물로 연결되어 있는데, 그 길이는 300M입니다. 수심은 약 80M 전후입니다, 여기에 소요되는 철 구조물의 무게는……."

대강 여기까지 설명하자, 그 부서의 나이 지긋한 부장은 대답할 말도 잃고, 그를 한 참 응시하더니,

"윤 대리! 그 현장에 다녀왔어요?"

"아뇨! 제가 거기를 방문할 리가 있습니까?"

라고 그 성격대로 조금은 퉁명스럽게 대꾸하고 예산 작성을 위한 질문을 계속하자, 그 부장은,

"아니, 현장도 갔다 오지 않은 분이 저희 엔지니어보다 더 정확히 현장을 알고 있으니! 참!"

하며 혀를 내두르는 것이었다. 따라간 나도 그의 정밀한 파악과 판단에 놀랄 수밖에 없었다.

이런 능력에 더하여 글씨를 참 못 썼던 나는 그의 글씨 솜씨가 너무나 부러웠다. 붓으로 쓴 서예 작품이 아님에도 불구하고 그가 업무를 위해 쓴 글도 얼마나 달필인지, 그것을 받아 보관하고 싶을 정도로 그의 글씨는 달필이었고 아름다웠다. 실제로 컴퓨터가 없던 시절이라 글씨 잘 쓰는 직원을 따로 채용하여 회장님 등 높은 분들에게 보고하는 문서를 작성하도록 하고 있었다. 그러나 그는 전문적으로 채용한 필경사보다 훨씬 더 품격 있게 글씨를 잘 썼다. 그래서 중요한 보고서는 그에게 작성하도록 하였지만, 그는 그런 단순 작업은 지겨워하며 글을 쓰지 않으려고 회피하곤 했다. 하여튼 그의 문장력이나 필력은 타의 추종을 불

허할 정도였다.

그 후 나는 다른 사업부로 이동하여 사우디아라비아 등 해외 근무를 하며 각자의 길을 갔지만, 얼마의 세월이 흐른 후 우리는 차장이 되어 경영기획부에서 다시 만나 바로 옆자리에 앉아 각각 한 과를 담당하는 과장으로 근무하게 되었다.

그때 우리는, 그도 인정할지는 몰라도, 서로 마주보며 상대방의 장점을 배울 좋은 기회였다. 나는 바로 옆자리에서 그의 일에 대한 통찰력과 추진력, 그리고 일에 대한 몰입 등을 감탄스럽게 바라보며 배울 수 있었다.

그의 일에 대한 몰입과 집중력은 대단하였다. 일단 일에 빠지면 옆에서 무슨 일이 일어나도 알지 못하였고, 불러도 전혀 듣지를 못하였다. 그래서 가끔 이야기를 실컷 듣고도 한 참 후에 고개를 들고,

"뭐라 했지?"

라고 하여, 사람을 무시하는 게 아닌가하는 오해를 하는 일도 종종 생기기까지 했으니 말이다.

한 번은 며칠간 무언가 골똘히 책을 뒤적이며 옆도 돌아보지 않고 무엇인가 작성하여 십 수 페이지의 소책자 여러 부를 만들더니, 직원들에게,

"자! 여기 모여 봐! 내가 주식회사 설립과 관련한 법규와 규정, 그리고 그 구체적인 방법에 대하여 설명할 테니……."

그 일은 위의 어느 분이 그렇게 하라고 지시한 적도 없는 일이었지만, 다른 동료 부서원들도 알아두면 좋겠다는 생각에 그렇게 한 것이 특히 기억에 남는다. 이런 식으로 자신의 경험과 지식을 이웃과 기꺼이 나누는 그런 태도가 내게는 감동이었다.

그 당시 그와 함께 일할 때 있었던 잊을 수 없는 사건 하나.

그날은 그해의 마지막 날, 12월 31일이었다. 기획부는 거의 12월 한 달간 회사의 경영실적과 다음 해 경영방향을 제시할 사장님의 종무식 송년사와 시무식 신년사를 준비해 왔다. 통상 송년사와 신년사라 하지만, 불과 2~3일 사이의 일이라 함께 작성하여 사장님께 올려드렸다. 그 당시 기획 담당 중역은 김 모 상무였는데, 얼마나 까다롭게 송년사를 검토에 검토를 거듭하는지 종무식 당일 오전에도 다시 수정을 지시하여 실무책임자인 윤 차장은 상당히 속이 상하여 있었다. 그날은 마침 나의 생일날이었는데, 점심 직전에 담당 중역의 마지막 수정 부분을 사장실에 가서 이미 제출한 송년사와 신년사의 일부를 교체하고 직원들이 함께 점심을 먹으러 즐겁게 나갔다.

오후 3시, 나는 체육관에서 열린 종무식에 참석하였다. 송년사를 듣다 보니 신년사의 내용이 나오는 것이었다. 송년사를 읽던 사장님 표정도 당황하여 난감한 표정이 역력했다. 그때야 아뿔싸! 점심 직전 신년사의 두 페이지를 교체한다는 것이 송년사의 같은 페이지를 교체한 것을 알아차리고는 나는 당황하여 어찌할 줄을 몰랐다. 사장님도 체념한 듯 그냥 신년사의 내용을 그대로 읽어 내려갔다. 몇 페이지가 지나면 우리가 교체한 신년사가 또 한 페이지 나올 것을 알고 있었던 나는 가슴이 조려 숨이 막힐 지경이었다. 어떻든 종무식은 겨우 끝나고, 사무실로 달려가니 종무식에 참석하지 않은 송년사 주무인 윤 차장이 천하태평으로 사무실에 앉아 있다가 나를 맞이하였다.

"그래, 그렇게도 수없이 검토하고 바꾸더니만, 너무 길었지?"

하며, 여전히 담당 중역의 지나친 검토와 지체를 못마땅하게 여기고 있었다.

"윤 차장! 큰일 났다! 조금 전 점심시간에 우리가 교체한 두 페이지가 신년사가 아니라 송년사였어!"

순간 윤 차장의 얼굴은 흙빛으로 변했고, 부서는 초상집으로 바뀌었다. 기획부서장께 그 사실을 보고하고, 부서장은 담당 중역을 찾아가 이실직고하고, 우리는 그해의 마지막 날을 밤이 늦도록 죄인이 되어 퇴근도 할 수 없었다. 담당 중역이 새해 서울에서 내려오시는 사장님을 공항에까지 나가 사죄를 드리고 겨우 수습하였다.

다음 해 종무식 전날 여느 때처럼 송년사와 신년사를 사장님께 갖다 드리니, 사장님께서는,

"올해는 설마 또 바뀐 것은 아니지?"

하고 진담 반 농담 반으로 말씀하셨다. 그분은 이미 돌아가셨지만, 부하의 실수를 너그럽게 눈감아주시던 관용은 오래도록 기억될 것이다.

평전이라고 이름을 붙였으니, 비평도 있어야 마땅할 것이다. 그는 경남의 시골 함양 출신이라, 그의 말투는 그야말로 투박하기 이를 데 없었다. 그를 곁에서 자세히 관찰하지 않으면, 무뚝뚝하고, 성질은 조급하여 사무실에서 소리 지르기 일쑤였다. 처음 그와 함께 일하는 직원이나, 다른 부서 사람은 그를 껄끄러워하거나 무서워하기도 했다. 사람들은 그의 고등학교, 대학 후배이자, 휘하 부하였던 P 부장에게 큰 소리로 꾸짖던 장면을 기억하며 그를 무서운 상사로 기억하는 사람들이 많았음도 사실이다. 그렇지만, 그와의 사귐이 깊어지고, 그의 내면을 보게 되면 그도 마

음이 여리고 결이 곱고 따뜻하다는 것을 쉬이 알 수 있다.

어느 해 겨울 내가 아내와 함께 서울에 갔을 때이다. 계동 근처의 어느 한식당에 점심을 대접받았다. 그때 그는 상을 봐 주던 할머니(?)에게 막걸리 한 잔을 따라주고, 만 원짜리 한 장을 은근히 쥐어주던 모습을 본 아내는 우습기도 하고 그의 따뜻한 마음도 본 듯하여 좋은 기억으로 저장되어 있다고 말하곤 한다.

회사에는 우리나라 최고의 고등학교나 대학을 나와서도 입사 후 공부와 자신을 닦기를 게을리 한 결과 수십 년 후에는 평범, 혹은 그 이하로 떨어지는 사람들을 많이 보아 왔다. 사실 그는 소위 서울의 대단한 학교를 나온 것은 아니다. 그러나 나는 그가 회사에 다니는 동안 끊임없이 공부하고 노력하는 모습을 보아 왔다. 최근 내가 보낸 잡문, '가지 않은 길'에 대한 답신으로 보내온 글을 보며, 겸손이 지나쳐 자신을 너무 가볍게 보는 듯하여 이 글을 쓰게 되었다. 나는 분명히 말할 수 있다. 그는 내가 직장생활에서 만난 사람 중, 최소한 경영지원 부문에서는 가장 똑똑하고 열정적으로 일한 친구라는 것을.

8. 나의 자랑

1. 양 목사님

"아니! 영해 형!"

자그마하기는 하지만, 다부진 인상의 담임목사님이 내 손을 덥석 잡으며 말했다.

며칠 전 불가리아 현지법인 근무 시 소피아한인교회를 섬기던 때에 불가리아 파견 선교사로서 한인교회 담임을 하던 김 선교사님으로부터 울산에 오신다는 전화를 받았다. 울산소재 태화교회에서 선교보고회를 갖기로 되어 있어 교회에서 만나기로 했다. 귀국 후 4년 만의 만남이라 설레는 마음으로 태화교회 수요 예배에 참석하였다. 예배를 드리며 아내는 내게,

"저 목사님 방송설교를 자동차에서 많이 들었는데, 설교가 참 좋아요."

라고 말했다.

예배 후 김 선교사는 불가리아 선교보고를 마친 후,

"현대중공업 부장으로 현지법인에 파견 나와서 저와 소피아한인교회에서 함께 사역하던 권영해 장로님이 오늘 예배에 참석하였습니다."

라고 소개하니, 담임목사님께서 잠깐 나와서 인사해 달라고 갑자기 요청하셔서 약간은 당황하며 아내와 강단 앞으로 나갔다. 그런데 강단 앞에 이르자 담임목사님께서 갑자기 내 손을 덥석 잡으며 공예배 중임에도 불구하고 나를 부른 것이었다. 거의 30년만의 만남이었다.

1980년 3월, 나는 대학을 졸업하기도 전에 현대중공업에 신입사원으로 입사하였다. 나는 그 당시 이제 막 교회에 나가며 신앙생활을 시작하던 때였다. 회사에서는 기독신우회의 활동이 왕성하여 전 회사에 70여 개의 성경공부 소그룹이 결성되어 사업본부별, 혹은 부서별로 모임이 열리고 있었다. 나도 그중 한 그룹의 리더로 지명 받아 매주 한 번 회의실에 모여 성경공부를 나누며 부족하지만 선교활동을 하였다. 우리 팀은 플랜트 사업본부의 관리부문과 설계부문의 기독청년들이 모여 성경공부를 하고 교제를 나누었는데, 이 때 만난 분이 지금의 양목사님이다.

그때 양 목사님은 부산 소재 기계공고를 막 졸업하고

회사에 입사한 약관 스무 살의 소년(?)이었다. 목사님은 고등학교 다닐 때는 교회학생회 회장까지 감당하며 아주 착실한 신앙생활을 해 왔다. 그 당시 기계공고는 국가의 산업정책에 따라 아주 우수한 학생들이 청운의 꿈을 안고 들어가던 학교였다. 졸업만 하면 산업역군으로 창창한 앞날이 보장되는 듯한 사회 분위기였다. 그러나 학교를 졸업하고 회사에서 마주한 현실은 이상과는 달리 실력이나 능력에 상관없이 대졸 중심의 계층구조의 벽이 가로막고 있었고, 그것을 신앙으로 극복하기에는 만만하지 않았다. 목사님은 그 당시 아직 볼이 붉고 귀여운 모습에 눈빛이 살아 있는 꿈 많은 홍안소년이었다. 우리는 일주일에 한 번 만나 삶의 길을 나름대로 찾아가려고 애쓰는 젊은이들이었다. 양 목사님은 가끔 먹지 않던 술을 마시고 붉어진 얼굴로 회사 앞에서 마주치기도 하였다. 뭐 자세히 생각은 나지 않지만, 뒷날 목사님의 말씀으로는 내가 몇 년 그래도 더 살았다고 나름대로 위로와 어드바이스를 했던 모양이었다. 양 목사님은 이때의 작은 충고들이 뒷날 인생의 좋은 지침이 되었고, 이분을 꼭 한 번 다시 만나고 싶다는 말을 주변 교인들에게 여러 번 얘기했다는 말을 들을 때는 괜히 부끄러워지기도 했다.

하여튼 그렇게 한 1년을 함께 보내고, 나는 교수를 꿈꾸며 대학원으로 진학하느라 회사를 떠났고, 목사님 또한 내가 회사를 떠난 다음 해에 하나님의 종으로 헌신하기로 인생의 방향을 정하고 신학교로 진학하며 목회의 길을 걸어 온 것이었다. 목사님은 깊은 믿음과 특유의 디자인 능력 등을 발휘하여 교회를 취임 당시에 대비하여 수배로 부흥시켰고, 울산 교계를 이끌어가는 지도자로 성장하였다.

30년 가까운 세월을 건너뛰어 만난 우리는 많은 이야기를 나누었고, 지금까지도 자주는 아니지만, 교제를 나누고 있다.

그리 대단한 삶을 살지는 못했지만, 이 시대를 이끌어 가는 인물이 젊은 시절 나같이 부족한 사람의 몇 마디에 힘을 얻고, 삶의 방향을 선한 길로 잡을 수 있었다는 분에 넘치는 말을 들을 때 부끄럽기도 하지만, 나의 부족하기 그지없는 삶에 작은 기쁨과 자부심의 원천이 됨은 감사한 일이다.

2. 최 행장님

"형님! 저 홍영이 입니다!"

사전에 예정된 대로 경남은행 울산지역 본부장이 내 방

으로 들어왔다. 나는 습관적으로 반갑다는 인사와 함께 내 명함을 내밀었다. 그 본부장은 내 명함을 받고도 한참 동안 나를 가만히 보더니만 갑자기 눈물을 글썽거리며 이렇게 말하는 것이었다.

이 말을 듣고 가만히 보니 30여 년 전 고등학교 3학년도 다 마치지 않은 가을날 까까머리로 회사에 수습사원으로 들어왔던 어릴 적 모습이 희미하게 떠올랐다.

역시 1980년 가을, 최 본부장은 고등학교도 졸업하기 전 우리 회사 경리부로 입사를 하였다. 그는 당시 수재들이 들어가던 마산의 M상고를 다니고 있었다. 그 역시 가정형편으로 대학진학이 어려워 그 당시 최고로 취업이 잘 되는 상고로 진학하여 우수한 성적으로 우리 회사에 입사한 것이다. 그 또한 청운의 꿈을 안고 당시 최고 인기의 현대조선소에 들어왔지만, 이내 현실의 벽을 절감하게 되었고, 그 또한 방황의 길에 접어들 수밖에 없었다. 다시 만난 후 그에게 들은 이야기지만, 가끔씩 절망감에 술을 많이 마시고 회사에 출근하지 않으면, 내가 독신자 숙소에까지 와서 깨워 회사로 데리고 오기도 하고, 여러 가지로 기도도 해 주었다고 한다.

“학력에 대한 한이 그렇게 많다면, 야간 대학에 진학하여 공부해!”

라고 권했지만, 지방 대학은 갈 맘이 생기지 않아 선뜻 원서를 내려고 하지 않았지만, 강권하듯이 재촉하여 울산 소재 대학에 입시 원서를 냈다.

합격자 발표 날이 다가와도 그 자신은 별로 마음이 내키지 않았는데, 내가 학교로 전화하여 합격 사실을 알고 사무실이 떠나가도록

“야! 홍영아 합격했다! 합격!”

하여 얼마나 부끄러웠는지 쥐구멍을 찾았고, 자신의 일보다 더 기뻐하였다고 그는 기억하고 있었다.

그 당시 야간 대학에 가는 것이 회사 규정으로는 보장되어 있었지만, 바쁜 관리부서에서 4시에 퇴근하는 일은 참으로 눈치가 보이는 어려운 일이었다. 군에서 제대 후 바쁜 회사일과 학업을 병행하기 어려워 결단을 내리고 학업에만 전념하여 대학을 졸업한 후 경남은행에 입사하였다는 소식은 어렴풋이 들었지만, 이렇게 갑자기 만나고 보니 너무나 반가웠다. 은행에서도 그의 성실과 노력으로 지점장, 본부장을 거쳐 지금은 부행장에까지 이르렀으니 얼마나 대단한지 모르겠다.

그 후 현대에 있을 때 사내결혼한 부인과 우리 가족은

가끔씩 식사를 나누기도 한다.

참으로 부족하기 그지없는, 나의 기억도 잘 나지 않는 작은 보살핌과 조언이 위의 양 목사님의 경우와 같이 젊은 시절의 내가 다른 사람의 인생에 조금이나마 도움이 되었다는 것에 참 기쁨과 보람을 느끼며, 오히려 멋진 삶을 살아온 최 부행장에게도 감사의 마음을 보낸다.

지난해 4월 95세로 아버님이 돌아가시고 최 부행장이 조의화환을 보내왔다. 그런데 화환에 달린 리본을 보니

'경남은행장 최홍영'이라고 적혀있는 것이 아닌가!

알고 보니 지난달 이사회에서 장하게도 K은행의 은행장으로 선임되었다는 기쁜 소식이었다.

젊은 시절, 부족하지만, 다른 사람의 인생에 조금이나마 도움이 되었다는 것에 참 기쁨과 보람을 느끼며

---

9. 기도하면 되지!

“다른 사람들은 해외 근무를 잘도 나가는데, 당신은 왜 안 나가요?”

1997년 정초 남편이 회사에서 무슨 일을 하는지도 잘 모를 정도로 세상사에는 도무지 무관심한 아내가 느닷없이 억지를 부렸다. 기획부서에 근무하는 사람이 무슨 해외근무냐고 설명을 했지만 막무가내였다.

“우리의 오고 가는 것을 하나님이 결정하지 당신이나, 회사가 결정하는 줄 알아요? 하나님께 기도하면 되지.”

아내는 젊은 시절 선교단체에 심취하여 단원들과 함께 아파트생활을 하며 훈련을 받고 해외선교의 꿈을 불태우고 있었다. 그러나 나와 결혼하게 되면서 선교의 꿈을 저 마음속 깊숙이 묻어둔 채 마흔 고개를 넘어가자 마음이 초조해지기 시작해지면서,

“선교사로 살겠다고 서원을 했는데, 예수님의 공생애 기간인 딱 3년만이라도 해외선교를 하고 싶어!”

라고 나를 조르곤 했다.

아내가 억지를 부린 후 며칠이 되지 않아 이번에는 중학교 3학년을 올라가는 딸아이가 오스트리아에 있는 기숙학교로 유학을 보내 달라고 떼를 썼다. 딸아이는 그 당시 학생들에게 최고의 인기를 끌고 있던 홍정욱의 기숙학교와 하버드 유학 이야기를 담은 '7막 7장'이라는 책을 읽고 유학의 열망에 깊이 빠지게 된 것이었다. 딸아이에게 유학이란 대학교까지 공부하고도 더 많은 공부가 필요할 경우 해외로 가는 것이며, 너무 어린 나이에 혼자 해외에 나가는 것은 그리 바람직하지 않다고 설득하였지만, 딸아이는

"뭐, 그러면 하나님께 유학가고 싶다고 조르면 되지!"

하고는 토라지는 것이었다.

모녀의 이러한 억지를 잊어갈 무렵인 그 해 7월 말, 중역부서장 토요특강 참석 후 예전 원가관리부서에서 근무할 때 나의 부서장이었던 K부장을 우연히 만났다. 나를 본 K부장은 갑자기 생각 난 듯,

"어이 권 차장! 당신 불가리아 한 번 나가지 않을래?"

하는 것이었다.

그 당시 불가리아는 사회주의가 무너지고 국유재산을 매각하여 사유재산제도를 도입하고 있는 중, 수도 소피아에

있는 10만평 달하는 변압기 공장을 단돈 290만 불에 우리 회사가 인수하였다. 이 공장을 경영할 인력을 보내야 하는 상황이었다. 경리부문에서 인원을 선발하는 것이 원칙이었으나, 회계, 세무, 관리는 물론 대관업무와 법무, 그리고 현지문화의 존중과 영어 구사 능력, 거기에 경영능력까지 어느 정도 갖추어야하니 그런 인력을 경리부문에서 구하기가 쉽지 않았던 모양이었다. K부장은 내가 대리시절 사우디에 근무한 것을 생각해 내고는 내게 불가리아 현지법인 파견을 제안한 것이었다. 아내와 의논한 후 알려 달라는 말을 남기고 헤어졌다.

나는 바로 아내에게 전화를 했다. 아내는 불가리아의 생활여건이 어떤지, 딸아이 학교는 어떻게 되는지 등에 대하여 한 마디도 묻지 않고 바로 대답하였다.

"갑시다! 하나님께서 내 기도에 응답한 것이니 그냥 가면 됩니다!"

K부장에게 10분이 되지 않아 전화를 걸었다.

"제가 가겠습니다!"

"아니, 현지 상황을 더 알아보지 않아도 되겠어?"

오히려 제안하였던 K부장이 걱정을 해 주었다.

그해 10월 우리는 불가리아 소피아로 갔다. 소피아는 그때 우리나라의 붉은색 중심의 단풍과는 달리 노란색 계통의 단풍이 온 시내 공원을 덮고 있었고, 그 터널 숲 속으로 트램이 지나가는 목가적인 풍경이었다.

이런 고즈넉하고 소박한 아름다움을 가진 불가리아였지만, 내가 부임했을 때 불가리아는 이미 국가부도 상태로 IMF체제로 들어가 백성들의 삶은 너무나 힘든 상태였다. 그러나 사람들은 순박하고 착했다.

아내는 예수님 공생애인 3년만이라도 해외선교사로 나가고 싶다던 꿈을 이루어 현지 한인교회를 섬기며 집시 마을의 오랜 숙원이던 작은 교회 건축도 도와주며 마음껏 해외생활을 보냈고, 딸아이는 혼자라도 해외유학을 가겠다고 하나님께 조르더니만, 부모까지 대동하고 해외유학을 와서 미국계고등학교인 American college of Sofia에서 공부를 하고 미국 대학으로 장학금을 받으며 진학하였다.

뿐만 아니라, 하나님께서는 우리의 경제적 어려움을 미리 아시고 우리를 뽑아내어 무서운 IMF가 몰아치는 곳을 떠나 이곳으로 대피시키기도 하셨다.

그때까지도 살림살이를 잘 하지 못하던 우리 부부는 여전히 아파트를 구입할 때 진 빚이 있었고, 채무는 좀체 줄어들지 않았다. IMF는 다가오는데, 우리는 태평으로 있으니 하나님께서 오히려 다급하셨던 모양이다.

'얘들 그대로 놔두면 큰일 나겠다.'

그때 불가리아로 파견되지 않았다면 재정적으로 많은 빚에 눌려 하나님의 영광을 가리는 상황이 되었을 것이다.

아울러 그곳에서 1,000명이 넘는 직원과 회사를 책임지고 경영해본 경험은 그 이후의 회사생활에서 성장의 큰 터닝 포인트가 되었고, 중역으로 승진하여 전무에 까지 이르는 발전의 큰 계기가 되었다. 물론 아내와 딸이 그들의 해외생활을 만끽하는 동안 나는 이제 막 사회주의를 벗어나 자본주의나 기업경영에 대한 이해가 전혀 없는 현지인들을 데리고 일하느라 속이 무너지고, 머리가 하얗게 세도록 고생한 것은 사실이지만…….

나보다 나를 더 잘 아시는 하나님! 우리의 소원을 아뢰기도 전에 알아차리시는 하나님! 우리가 기도하는 것 보다 더 큰 것을 더하여 주시는 하나님을 찬양하지 않을 수 없다.

10. 이 시대의 애국자

"예, 우리 회사에는 모두 18명의 직원이 근무하고 있는데, 최근 최저임금의 대폭적인 인상이 우리 회사에는 그리 큰 영향을 주지 않습니다. 왜냐하면 우리 회사에서 최저임금을 받는 직원은 딱 한 명, 저 혼자뿐이기 때문입니다."

최근 우리 센터는 가족기업이 당면한 어려움과 필요를 현장에서 파악하여 지원하기 위하여 가족기업에 대한 심방을 실시하였다. 구영리에 위치한 NX테크놀러지사를 방문하여 젊은 사장과 이야기를 나누던 중, 최저임금인상이 회사경영에 큰 어려움을 미치지 않은지를 묻는 질문에 대한 답이었다.

NX테크놀로지는 창업한 지 불과 3년 남짓 밖에 되지 않는 스타트업으로 4차산업혁명시대의 주요 화두인 IOT(사물인터넷)와 ICT를 근간으로 한 스마트 조명과 센서 등을 개발하여 획기적인 에너지 절감시스템을 제공하는 업체이다. 전국 단위의 각종 공모전에서 최고상을 여러 번 수상하였고, 3년이라는 짧은 시간에 피나는 연구개발로 상당한 위치에 오른, 우리 센터가 자랑하는 최고의 창업기업이다. 이제 본격적인 매출도 기대하고 있는 상황으로, 최근에는 국내유수 기업과 수십억 원대의 시스템 공급계약을 체결하였고, 전력사정이 열악한 인도시장에 진출하여 100억 원대의 공급계약을 앞두고 있는 상태이다.

우리가 방문한 NX사는 전형적인 신생벤처기업으로 창고 같은 사무실에서, 출근 시간은 정해져 있지만 퇴근 시간은 따로 없이, 그야말로 밤을 새워 제품을 연구, 개발하고 있었다. 기존 대기업에도 취업할 수 있는 역량을 가진 우수한 젊은이들이 회사의 미래와 성공을 위해 도전하며 열정을 불태우고 있는 모습이 보기에 좋았다.

청년실업 문제를 해결하기 위해 온 나라가 매달려 갖은 노력을 다하고 있다. 새 정부에서도 일자리 창출을 국정의 첫 번째 목표로 설정하여 힘을 쏟고 있다.

일자리는 기존 기업의 혁신과 경쟁력 제고를 통한 기업의 성장과 새로운 기업을 창업하여 일자리를 만드는 방법 외에는 별다른 방법이 없는 것이 사실이다. 그래서 정부에서도 창업을 통한 일자리 창출을 당면 목표로 여러 가지

정책을 실시하고 있다고 생각된다.

우리 울산은 지난 반세기 우리나라 산업화의 중심이 되어 전국의 젊은이들이 일자리를 찾아 울산으로 모여 들어 100만이 넘는 도시를 이루었고. 울산은 2%의 인구로 우리나라 전체 수출액의 20%에 달하는 1,000억 달러의 수출을 감당하였다. 그렇지만 최근 들어 전통 산업의 성장의 한계와 어려움으로 수출실적이 600억불대로 급감하였고, 인구도 감소로 돌아서고 있는 현실이다. 울산이 이러한 어려움을 극복하고 우리나라 산업의 중심으로 다시 서기 위해서는 기존 기업의 혁신은 물론 창업을 통한 새로운 산업의 싹을 키워 청년들이 다시 울산으로 몰려들도록 하여야 할 것이다. 우리 센터 또한 비교적 적은 울산의 인구와 대학 수, 창업투자에 대한 인식과 창업지원 전문가 그룹의 부족 등 열악한 창업환경을 극복하고 창업을 활성화하여 울산의 미래를 열어갈 세계적인 창업기업을 발굴, 육성하기 위해 나름대로 온 힘을 기울이고 있다.

지난 시절에는 일본 제국주의의 지배에 저항하고 민족의 독립을 위해 목숨을 바치고 헌신한 분들을 우리는 애국자로서 존경했다. 그 후에는 나라를 지키기 위해 목숨을 아끼지 않고 전쟁에서 분투한 분들을 애국자로 기렸다.

이제는 세계가 경제전쟁의 시대요, 실업과의 전쟁이라는 현실과 마주하고 있는 시대다. 이러한 시대에 각고의 노력으로 기업을 일으키고, 많은 사람들에게 일자리를 제공하고, 그들과 그들 가족들의 생존 기반이 되는 급여를 지급하는 창업기업가야말로 이 시대가 요구하는 진정한 애국자임에 틀림이 없다. 이러한 애국자가 많아 질 때 우리가 당면하고 있는 실업과 경제문제 해결의 실마리도 찾을 수 있을 것이다.

방문을 마치고 돌아오며, 그 또래의 많은 젊은이들이 '헬조선'과 '흙수저'를 운운하며 자해하는 세대 가운데서도 자칭 '최저임금 근로자'로서 18명이나 되는 직원들의 연봉을 책임져야 하는 젊은 사장이 너무나 고맙고, 한 편으로는 그가 감당해야 하는 무게가 안쓰러워 마음 한 구석이 짠해 옴을 느꼈다.

"남 사장님! 당신이야말로 이 시대의 진정한 애국자입니다!"

세계가 경제전쟁의 시대요, 실업과의 전쟁이라는 현실과 마주하고 있는 시대다. 이러한 시대에 각고의 노력으로 기업을 일으키고, 많은 사람들에게 일자리를 제공하는 창업기업가야말로 이 시대가 요구하는 진정한 애국자임에 틀림이 없다.

---

11. 나의 박사학위 도전기

"상무님! 경영기획실장님 휘하에 경영학 박사가 한 명쯤은 있어야 폼이 날 것 같습니다,"

"그럼 좋지!"

"사실 제가 이번에 대구에 있는 모교 경영학 박사과정 입학시험에 응시했는데, 덜컥 합격해 버렸습니다."

그 당시 경영기획실장을 맡고 있던 하 상무님으로부터 돌아온 대답을 듣고는 용기를 내어 상무님께 자초지종을 얘기하고 모교 경영학 박사과정에 등록을 하면서 장장 16년에 이르는 박사학위 취득 대장정을 출발하였다.

직장생활 10년이 넘어가던 1990년대 중반, 경리, 기획부문에서 일하던 나는 반복되는 일상 업무로 지쳐가고 있었고, 점점 더 매너리즘에 빠져 가고 있는 것을 절감하고 있었다. 새로운 기획보고서를 만들고 보면 몇 년 전에 썼던 양식과 논리, 패턴에서 벗어나지 못한 모습을 발견하곤 하였다. 어찌하든 이러한 고정관념에서 벗어나 새로운 시각으로 일을 바라보고자 하는 욕망이 대학원에 진학하여 기초부터 다시 시작하고 싶은 열망이 진학을 결심하게 하였다.

1995년 가을, 모교를 방문하여 고교 선배인 교수님께 진학 문제를 상의하였다. 그러나 경영학 박사과정은 경영학 석사학위 소지자라야 입학지원 자격이 있음을 알게 되었다. 나는 대학 경제학과를 졸업하고 회사에 입사한 후, 대학원에서 경제학 석사학위를 가지고 있었기 때문에 지원 자격이 없다는 것이었다. 그래서 선배 교수께 회사 입사 후에는 경제학과나 경영학과를 묻지 않고 인사, 회계, 자재 등 관련 부서에 배치 받아 일하며, 회사 일을 하던 중 더 전문적인 경영지식의 필요성을 느껴 대학에 와서 배우고자 하는데, 경제학과 출신의 경영학 박사과정 입학을 제한하는 것은 합당하지 않음을 설명하였다. 선배교수님은 내 설명에 수긍을 하며, 학칙의 일부를 개정하여 같은 경상계열학과 출신의 교차 지원을 허용할 수 있도록 하겠다는 언질을 받았다.

해가 바뀌어 1996년 가을 다시 모교를 찾아갔더니, 약속대로 경제학과 출신이라도 경영학과장의 추천을 받으면, 입학 지원을 할 수 있도록 학칙이 개정되어 있었다. 그러나 입학 지원이 가능하게는 되었지만, 입학시험 통과의 문제는 여전히 남아 있었다. 학사, 석사과정을 경제학으로 마친 나로서는 경영학 박사과정 입학시험을 보는 일이 만만하지 않았다. 잘 아는 경영과 후배에게 부탁하여 각 대학 입시의 기출문제집을 전달받았지만, 불과 2,3개월 만에 인사, 재무, 마케팅, 생산관리, MIS 등 5개 경영분야에서 출제되는 시험에 대비하여 공부하는 것이 거의 불가능한 상황이었다.

그러나 다행히 회사 경영 현장에서 실무 기획을 했던 주제와 유사한 문제가 출제되는 바람에 쉽게 답을 쓸 수 있었던 것은 참으로 행운이었다. 예컨대, 'OECD가입이 자본시장에 미치는 영향?'이란 문제는 시험 얼마 전 회사에서 OECD가입이 회사경영에 미치는 영향에 관한 기획보고서를 만든 덕분에 거의 모범 답안에 가깝게 쓸 수 있었고, 또 다른 생산관리의 문제는 'JIT에 관하여 논술하라'는 문제였는데, 도요타 자동차에서 시작한 무재고 제도로 재고비용을 절감하고자 하는 노력이 현대자동차 등 국내로 전파되는 가운데 다소 어렵기는 하지만, 조선업에도 도입하고자 시도하고 있던 문제라 매우 쉽게 답을 쓸 수 있었다. 이런 행운으로 4대 1이나 되는 입시경쟁을 뚫고 무난히 합격할 수 있었다.

입학시험이나 윗분에게 허락받는 일보다 더 힘든 일은 울산에서 대구까지 일주일에 두 번 학교에 가는 일이었다. 박사과정의 경우 정규수업도 별로 없이 진행되던 예전과는 달리 외국에서 공부하고 갓 돌아온 젊은 교수들은 매우 엄격하고 열심이었다. 각 과목마다 원서가 3, 4종류가 주어졌고, CHAPTER별로 나누어 연구 발표하게 하였다. 낮에 회사에서 일하고 밤새워 준비를 하여도 따라가기가 여간 힘든 일이 아니었다. 다음날 발표할 자료를 번역하며 만들다가 조는 바람에 컴퓨터 자판을 잘못 눌러 밤새 정리한 것을 다 날려 다시 만들어야하기도 했다.

그러나 이 고행도 한 학기를 넘기고 끝나고 말았다. 1997년 여름, 회사로부터 불가리아법인으로 근무를 명받고 4년 만에 돌아오니 이미 장기휴학으로 제적처분이 되어있었다. 더욱이나 귀임 후에는 감사실장으로 발령받아 부서를 책임지고 보니 대구까지 학교에 가는 것은 불가능하여 두 해나 별러서 입학한 모교에서의 박사과정은 단 한 학기로 끝나고 말았다.

2001년 가을 불가리아로부터 귀임 후, 그래도 공부에 대한 미련을 버리지 못하여 직장이 있는 울산에 소재한 울산대학 경영학 박사과정 입학을 세 번째로 도전하였다.

그러나 이번에도 낙방! 교수님이 밝힌 불합격 사유는 박사 과정은 경영대학원과 달리 학문을 전업으로 하고자 하는 사람들을 위한 것이라는 것과, 회사원의 경우 회사 일로 면학 분위기를 깰 수 있기 때문이라는 것이었다.

일단 주어진 임무인 감사실 부서장으로 역할에 충실하기로 하고 일에 몰입하던 중, 마침 조직컨설팅을 위해 회사를 방문한 울산대 K교수님을 만났다. 교수님께 작년 입시 낙방을 사실을 얘기하였다. 울산대학이 울산공업단지에 필요한 인재를 공급하기 위해 설립된 지역 유일의 4년제 대학이며, 특히나 현대가 애를 많이 써서 설립하였는데, 회사를 더 잘 경영할 수 있는 방안을 찾고자 박사과정에 진학하고자 했는데, 직장인이란 이유로 입학을 허가하지 않는 것은 울산대학이 직무유기 하는 것이 아니냐고 항의를 하였다. 그랬더니 K교수는 자신이 작년에 교환교수로 미국에 체류하느라 입시 상황을 못 보았는데, 올해 다시 지원하면 살펴보겠다고 약속을 하였다.

이에 따라 그해 12월 4번째 박사과정 입학원서를 냈고, 2003년 3월, 4수만에야 경영학 박사학위과정에 입학하였다. 회사 일과 학업을 겸해야 했기 때문에 매 학기 9학점 기준이었지만, 나는 6학점만 신청하여 2년 과정인 코스웍을 3년 동안 이수하기로 하였다. 교수님의 배려로 수업 시간을 저녁 시간으로 많이 돌려 회사 일에 지장을 최소화하고자 노력했지만, 회사 퇴근 후 3년 동안 울산 동구에서 학교가 있는 서쪽 끝까지 다니는 일은 그리 쉬운 일은 아니었다.

사장님이 바뀔 때마다 학교에 다니는 사실을 보고 드리는 일도 쉽지 않았지만, 3년이 지난 2005년 12월 15일 코스웍을 마치고 박사과정을 수료할 수 있었다. 그런데 바로 그날 중역승진 인사가 발표되었는데, 감사하게도 내 이름도 승진자 명단에 들어 있었다. 가만히 생각해 보면 그날 수료하지 못했다면, 중역으로는 더욱 회사를 비울 수 없었기 때문에 운명처럼 정확하게 부장시절에 박사과정 코스웍을 마칠 수 있었던 것은 축복이었다.

2006년 지도교수님은 내친걸음에 바로 박사논문 작성에 들어가도록 하라고 말씀하셨지만, 중역 승진 초년생으로 정신적 여유도 없었을 뿐만 아니라, 3년간 코스웍을 마치는데 너무나 지쳐 꼭 한 학기만 쉬고 가을 학기부터 지도를 받아 논문 작성에 들어가겠다고 양해를 구하였다.

그러나 그 해 7월 긴급사태가 발생한 쿠웨이트 공사현

장으로 급파되는 바람에 2학기 논문학기 시작은 불발되었고, 2년간 사막현장에서 공사 관리 담당중역으로 보내고, 2008년 봄 귀국하였다. 귀국 후에는 다시 건설장비사업본부 영업총괄중역으로 발령을 받아 2년간 50여회가 넘는 중국출장으로 2/3를 중국에서 보내고 나니 이미 2011년이 되어있었다.

2011년 1월, 인사총괄중역으로 자리를 옮겼을 때는 2005년 수료 후 쿠웨이트와 중국 등에서 5년을 보내고 나니 수료 후 7년 이내에 논문을 제출하여야 하는 기한이 2년 밖에 남아 있지 않았다. 수료 후 7년 이내에 논문을 제출하지 않으면 영구수료자가 될 수밖에 없었다. 다행히 전공이 인사관리였기 때문에 논문을 쓸 주제와 맡은 일이 우연히도 일치한 것 또한 내게는 복이었다.

새로운 인사업무에 적응하면서 리더십에 관한 논문을 조금씩 준비하고, 그 해 9월에는 논문 제출 자격을 부여하는 종합시험을 예순 가까운 나이가 되어서 20대 후반의 후배들과 거의 5시간 동안 답안을 쓰고 나니 거의 탈진 상태에 이르기도 하였다.

지도 교수님인 김해룡교수님의 세밀한 지도와 통계프로그램 등은 후배들의 도움으로 겨우겨우 논문을 완성하고 2012

년 가을 논문 발표 심사를 마치고 2013년 2월 60세 되는 해에 부족함에도 불구하고 박사학위를 취득하게 되었다.

생각해 보면 차장시절 더 깊은 경영기획을 위하여 공부하겠다는 단순한 생각으로 박사과정에 처음 모교의 문을 두드린 1995년부터 치면 17년, 학위를 취득한 울산대학에 입학한 2003년부터 계산하여도 10년 만에 경영학 박사학위를 취득한 것이다.

나는 왜 구태여 박사학위를 취득하고자 했을까? 회사에 다니면서, 그리고 나이가 그렇게나 많이 들어서 말이다. 명예를 위하여? 취업을 위해? 그런 동기가 전혀 없다고는 할 수 없겠지만, 그 보다는 회사 일을 좀 더 잘 해 보았으면, 그리고 체계적으로 내가 하는 일을 학문적으로 좀 더 깊이 알아 봤으면, 그리고 호기심과 배움에 대한 갈증이 아니었을까 생각해 본다.

그사이 나는 회사에서는 차장에서 전무로 승진하였고, 회사를 퇴임한 후에는 바로 모교 경영학 교수로 후배들을 가르칠 수 있었던 것은 나에게 큰 복이었다. 뿐만 아니라 그 후 공공기관장 공모에서 학위 소지자로서 가점과 예우를 받은 것은 예상하지 못한 유익이었다.

12. 얄라얄라!

1. 과거

지난해 추석은 옛날 신라적 한가위가 이랬으리라는 생각이 들만치 아름다운 날이었다. 하늘은 청자 빛으로 빛나고, 투명하기 이를 데 없는 햇살과 맑은 공기가 축복처럼 대지를 감싸고 있는 그런 날이었다.

한가위날 아침, 고조부님 산소가 있는 징거리로 갔다. 가을 햇살에 더욱 반짝이는 빨간 고추가 널린 멍석 옆을 지나 집 뒤꼍으로 바로 이어진 산길을 따라 야트막한 구릉을 올라갔다. 이른 가을 이슬이 채 마르지 않아 바짓가랑이가 젖어 왔지만 오히려 상쾌한 산행이었다. 조금 올라가니 멀리 낙동강 줄기가 눈부시게 시야에 들어오는 8부 능선쯤에 고조부님의 묘소가 있었다. 산소를 아늑하게 품고 있는 뒷산과 앞으로는 파도치듯 올망졸망한 멀고 가까운 산들, 그리고 그 산들을 감싸 흐르는 낙동강이 풍수지

리까지 동원하지 않더라도, 우리 같은 범인의 눈에도 참 좋구나 하는 생각이 절로 드는 그런 곳이었다.

우리집안 대부분의 산소가 마을 뒤 선산에 있는 데, 유독 고조부님의 산소만 마을에서 30리는 족히 떨어진 이곳에 있다. 요즘이야 자동차로 잠깐이면 올 수 있지만, 나의 어린 시절만 해도 걸어서 왕복 하룻길의 성묘였다. 준비해간 낫을 숫돌에 갈아 한 뼘씩 한 뼘씩 벌초를 했다. 요즘은 일손이 부족하여 제초기로 굉음을 내며 삽시간에 '해치워' 버리기도 하고, 심지어 독성 강한 제초제를 마구 뿌리기도 하지만, 벌초는 역시 낫으로 차근차근하는 게 제격이다.

그런데 고조부님 산소만 왜 고향 마을에서 멀리 떨어진 낯선 마을에 모시게 되었을까? 당신 며느님의 친정이 이곳이기도 했지만, 그 보다는 산소를 이곳에 쓰면 후대 자손이 번성하고 잘된다는 얘기를 듣고 이곳에 당신의 유택을 정해 놓으셨다는 것이다. 자손이 잘 되었는지는 알 수 없으되, 나의 재종형제만도 서른 명이 넘으니 자손이 크게 번성한 것만은 사실인 듯하다. 그러나 이러한 사실 보다도 눈에 보이지도 않는 막연히 먼 후손들을 위한 아스라한 기대로 정성을 다한 할아버지의 마음이 시공을 넘어 가슴에 다가오는 것이었다.

몇 세대는 커녕 몇 년 후도 내다보지 못하고 조급해 하는 우리들이 할아버지들의 사고를 그냥 한 마디로 고루하고 비합리적이라고만 판단해 버릴 수 있을까?

2. 현재

"저 이제 인도로 돌아가겠습니다."

사우디아라비아에 근무하던 어느 날 아침, 출근하자마자 인도인 운전사 람랄이 느닷없이 사표를 내미는 것이었다.

"아니 갑자기 왜 그러지요?"

지난 삼 년간 지사의 다섯 대나 되는 자동차를 빈틈없이 관리해 온 그가 갑자기 떠난다니 나는 적이 당황하였다. 입이 무거운 그가 어렵게 털어 놓은 사연에는 여러 가지 이유가 있었지만, 한국인 직원들의 '얄라얄라(빨리빨리의 아랍어)'에 이젠 더 이상 견딜 수 없다는 것이었다.

자동차를 운전하고 갈 때도

"얄라얄라 가자!"

심부름을 시킬 때도

"얄라얄라 갔다 와 알았지?", "야 인마, 얄라얄라 안 돌아오고 뭐해!"

심지어는 화장실에 앉아 있을 때도 얄라얄라! 새벽 공항으로 픽업 나갈 때 잠도 덜 깬 사람보고도 '얄라얄라!'니 이젠 아예 노이로제에 걸릴 지경이라는 것이다.

자동차 수리점의 인도인 수리공 친구조차도,

"너는 한국인 회사에 다니더니만 한국인 닮았니? 너는 오자말자 '얄라얄라'라니 도대체 정신을 차릴 수가 없구나." 하며 화를 낸다는 것이었다.

하긴 오늘 못하면 내일 하고, 올해 못하면 내년에 하고, 금생에 못하면 다음 생에 하면 된다는, 세상에서 제일 낙천적인 민족의 일원인 그가 세계에서 가장 조급한 사람들의 회사에 와서 사는 게 힘에 겨웠기도 했을 것이다.

우리민족의 이런 조급증의 연원은 무엇일까?

3. 미래

"터 닦기와 설계에 30년, 골조공사에 20년, 내부공사에만 50년, 도합 100년이 소요될 예정입니다."

지난 86년 한국 천주교 3세기 진입을 기념하여 천진암자리에 대성당 건립 계획을 밝히며 천주교 당국자가 전한 이 소식은 '빨리빨리'문화에 익숙해 있던 우리들의 귀를 의심하게 하였다.

천진암은 1,779년 이승훈, 정약용, 정약전 등 초기 천주교 신자들이 성경을 읽으며 서학의 교리를 깨우쳤던 경기도 광주 땅에 있는 천주교의 성지이다.

"우리는 너무나 당대주의에 사로잡혀 매사를 단시일에 해치워 버리려고만 합니다. 독립기념관을 5년에, 예술의 전당을 3년 만에 개관하는 등 졸속 공사는 이제 사라져야 합니다. 건물을 짓는 데는 건축기술 외에 세월이라는 재료가 반드시 가미되어야 합니다."

당시 성역정화위원장을 맡았던 변기영 신부의 말이다.

"사람은 바뀌어도 사업은 계속되는 풍토, 세대는 바뀌어도 역사는 전승되는 문화가 아쉽습니다. 대성당 건립이 우리겨레의 정신개혁을 가져오는 하나의 계기가 되었으면 좋겠습니다."

이 말을 들으며 콜로세움 유적처럼 처참하게 서 있는 저 삼풍백화점의 잔해를 바라보며 그 감회가 더욱 새로워진다.

사람의 생명보다 돈을 더 귀중히 여긴 결과가, 우리 자신을 스스로 속인 결과가 바로 이런 모습이 아닐까?

Ⅱ. 가족, 영원한 후원자, 든든한 울타리

13. 은희

"내가 너를 업어 키웠어! 더욱이나 물에 빠진 너를 구해준 생명의 은인이야!"

"오빠! 썰매에 억지로 태워 얼음을 지치다가 넘어져 턱밑이 찢어져 생긴 이 흉터 어떻게 할 거야!"

여동생과 만나서 어릴 적 얘기를 나눌 때마다 맞서는 주제이다.

초등학교 4학년 때 군대를 제대하고 과수원을 구입하여 농사를 시작하신 아버지를 따라 경산 시골로 이사를 왔다. 그때 3살 위의 형과 6살 위 누나는 이미 중학교와 고등학교에 다니느라 대구에서 자취를 하였고, 시골에는 11살 먹은 나와 8살 아래인 여동생이 부모님과 함께 살았다.

우리 과수원은 탱자나무 울타리로 둘러싸여 있었고, 바로 앞에는 문천지에서 발원하여 오목천으로 흘러가는 작은 개울이 흘러가고 있었다. 우리 과수원 쪽은 개울에 비하여

3,4미터쯤 높은 위치에 있었지만, 개울건너는 개울물과 과수원의 높이가 별로 차이가 없어 여름에 비가 조금이라도 오면 바로 과수원으로 물이 들어가기 일쑤였다. 홍수라도 지면 과수원 깊숙이 붉은 황토물이 그대로 흘러 들어가곤 하였다. 개울가에는 그 당시 우리들은 '줄대'라고 불렀던 갈대가 무성하게 자라고 있었다. 그 갈대밭 속에는 뜸부기가 둥지를 틀고 있어 여름이면 뜸부기 알을 주우러 갈대밭을 헤집고 다녔고, 작은 개울이었지만 팔뚝만한 가물치, 메기 등 물고기와 바닥에는 우리 손바닥만 한 민물조개가 있어 개울의 양편에 삼각형 모양으로 줄낚시를 연결하여 고기를 잡기도 했다. 겨울이면 온 개울이 얼어 상, 하류 수 킬로미터를 썰매로 달릴 수가 있었다. 봄이 되면 하얀 탱자나무꽃과 사과꽃이 눈처럼 날렸고, 가을이면 노랗게 익어가는 탱자열매 향이 진동했다. 가을이 익어 가면 나무마다 빨간 홍옥이 봄꽃처럼 빛났다.

어느 해 여름 부모님은 출타하시고 여동생과 둘만 집을 지키고 있었다. 마침 며칠 동안 비가 내려 앞 개울물이 넘쳐 개울가 논도, 논 사이의 길도 물에 잠겼다. 눈만 뜨면 놀잇감을 찾던 호기심으로 충만하던 시절, 여동생과 함께 붉은 황토물이 흐르던 집 앞 개울로 물놀이를 갔다.

조심스럽게 논 사이의 비교적 높은 길에서 놀고 있었는데, 갑자기 동생이 길에서 한 20센티미터 정도 낮은 논으로 떨어져 버린 것이었다. 논으로 떨어진 동생은 허우적거리면서 개울물의 흐름에 떠내려가기 시작했다. 뒷날 동생의 얘기로는 엉겁결에 벼 포기를 잡았는데, 그것 마저 뽑혀 버려서 너무나 절망스러웠다고 했다. 하여튼 동생은 논 저쪽 하류로 점점 떠내려가고, 약 5미터 정도를 더 가면 논도 끝나 깊은 개울 본류로 들어가게 되는 절체절명의 순간이었다.

어린 생각에도 저렇게 물에 빠져 죽는가 하는 두려움이 엄습해 왔지만, 동생을 구해야 한다는 생각에 아이를 따라가기 시작했다. 내가 동생보다 키가 조금 크기는 했지만, 내게도 물이 목을 넘어 올라오고 있었다. 다행히도 논이 끝나는 지점 직전에서 동생을 겨우 구하여 물 밖으로 나왔다.

물론 부모님께는 오래도록 비밀에 붙여졌지만, 지금 생각해도 아찔한 순간이었다. 이후 내가 위험한 곳으로 철없는 동생을 데리고 간 책임은 덮어버리고, 이 아이를 구해준 사실만 주장하며 생명의 은인으로서의 권리만 주장하고 있다. 그때마다 여동생은 싫다는 동생을 내 호기심에 억지로 썰매 앞에 태우고 가다가 수초에 걸려 넘어지며 턱밑이 찢어져 흉터가 진 것을 보상하라고 떼를 쓰는 것이다.

날이 저물도록 엄마는 장에서 돌아오지 않고, 엄마에게 가자고 우는 3살 난 여동생을 등에 업고 어둑어둑해지는 개울가를 오르내리며 동생을 달랬다. 어둠이 점점 더 짙어지면 갈대숲 속에서는 비둘기의 흐느끼는 듯 우는 울음소리가 무서웠고, 물속에서 움직이는 가지가지 생명체들이 내는 소리에도 나는 깜짝깜짝 놀라기도 했다.

작은 어머니와의 10여 년간의 두 집 살림을 정리하고 조강지처와 우리 형제에게로 돌아온 아버지와 어머니의 새로운 시작으로 인한 어두운 갈등들이 우리들의 유년을 잿빛으로 물들이기도 했다.

그렇지만, 우리 삶의 어두움이나 절망이 모든 것을 덮어버리는 것이 아니라, 그 가운데서도 우리의 더듬이는 빛과 밝음을 향해 나아감은 얼마나 다행한 일인가! 위험하기는 했지만 홍수 때는 홍수대로 자연을 즐기고, 홍수가 지나면 개울물은 다시 맑고 잔잔하게 흘러 우리의 정다운 놀이터가 되었다. 겨울이면 겨울대로 추운 줄도 모르고 얼음을 지치며 가는 겨울을 아쉬워했고, 동생과 연을 하늘 높이 날리며 우리의 알 수 없는 꿈도 하늘에 띄워 올렸다.

예순을 넘어서도 만날 때마다 다툴 수 있는 여동생과 함께 할 수 있다는 것은 얼마나 복된 일인가!

우리 삶의 어두움이나 절망이 모든 것을 덮어버리는 것이 아니라, 그 가운데서도 우리의 더듬이는 빛과 밝음을 향해 나아감은 얼마나 다행한 일인가!

---

14. 머나먼 학교

청천역에서 대구로 가는 통학 열차는 새벽 6시 4분에 출발하였다.

이 기차를 타기 위해서는 쪽 곧게 뻗어 있어 더 멀어 보이는 금호강 뚝방길 오 리를 걸어, 판탁이네 나룻배로 강을 건너고 나서도, 키 큰 탱자나무로 둘러싸인 사과나무 숲길을 다시 오 리나 걸어야 도착하는, 열 네 살짜리 내게는 너무나 먼 길이었다.

이 기차를 타기 위해서 늦어도 5시에는 집을 나서야 했고, 어린 아들에게 아침을 해 먹이고 도시락을 싸 주어 학교로 보내야만 했던 엄마는 매일 새벽 통금 해제 사이렌이 울리기도 전에 일어나 가마솥 아궁이에 불을 지펴야 했다.

엄마는 매일 새벽, 잠 많은 어린 아들을 깨우는 것이 몹시도 안쓰러워 깨워 놓고도 잠을 못 이겨 쓰러지는 아들을 1분이라도 더 자도록 다시 이불을 덮어 주곤 했다. 잠도 덜 깬 눈을 부비며 먼 길을 나서던 어린 아들을 보내던 엄마의 짠했던 눈빛은 반세기가 훌쩍 지난 지금도 선명하게 보인다.

증기기관차는 야트막한 언덕길에도 숨이 차 헐떡거리며 뒷걸음질 치기도하며, 반야월, 동촌역을 지나 대구역에 도착하면, 거기서 동성로, 군인극장, 2.28교복사를 지나, 삼덕동까지 근 오 리 길을 다시 걸어야 학교에 도착할 수 있었다.

매일 등하교 때마다 기차를 타고, 왕복 30리길을 걷는 일이 열 네 살 난 소년에겐 힘든 일이었지만, 우리의 삶이 늘 그렇듯이 이런 어려움 한편으로는 아름다운 기억들도 만들어 주었다.

겨울이면 썰매(그때 우리는 '시게또'라고 불렀다)를 타고 발 사이에 가방을 끼고 언 강을 달려 과수원까지 가서 강 언저리 마른 수초 속에 숨겨뒀다가 저녁 집으로 돌아 올 때 다시 찾아 신나게 얼음을 지치며 집으로 돌아오곤 하였다.

봄이면 그 긴 강둑에 일시에 폭발하는 연초록의 잔디밭 풍경, 여름에는 가끔씩 홍수로 수위가 높아지면 나룻배를 못 띄워 발을 동동 구른 적도 있지만, 온 강물을 붉게 물들이는 황혼은 소년의 가슴을 자연에 대한 경외심으로 가득 차게 하기도 했다.

물론 가는 겨울을 아쉬워하며 얼음이 녹는 것을 보고도 오늘만, 오늘만 하면서 썰매를 타고 가다가 얼음이 꺼져 책가방과 책을 몽땅 물에 빠뜨려 부모님께 혼난 일도 이제는 아름다운 기억으로 저장되어 있기도 하다.

그러고 보니 이러한 장거리 통학은 그 시절 나만의 고행(?)은 아니었던가 보다. 나의 통학 시절 이야기를 듣던 어릴 적 친구 광래는,

"야! 그 정도면 약과다. 우리 마을에서 청천역까지는 저 넓은 금호평야 들판을 칼바람 맞으며 가로질러 가면 너희 마을에서 오는 거리의 두 배나 된다!"

15. 후원금

"개인 후원금은 50만 원 이상 받지 않습니다. 그러므로 아버님도 50만 원만 후원해 주십시오."

다음 달 네덜란드로 유학을 떠나는 딸 부부에게 내가 현역으로 일하는 동안에는 월 100만 원씩 후원을 하겠다고 제안했을 때, 나의 제안을 정중하게 거절하며 내게 준 대답이었다.

그해 3월, 사위가 네덜란드의 유서 깊은 신학대학으로부터 입학허가를 받고 기뻐하며 소식을 전해왔다. 속으로는 그 소식이 흐뭇하고 기뻤지만, 그 많은 유학비용을 어떻게 조달할 지에 대하여 나는 딸아이 내외에게 묻지 않았다. 왜냐하면 도와줄 생각이 없으면 그 대책에 대하여 물어볼 권리도 없다고 생각했기 때문이었다.

이러므로 남자가 부모를 떠나 그의 아내와 합하여 둘이 한 몸을 이룰지로다 (창세기 2장 24절)

젊은 시절 처음으로 창세기를 배우며 결혼한 자녀는 부모로부터 철저히 독립되어야 한다는 생각을 나는 가지고 있었다. 곧 결혼이란 부모를 떠나는 것이고, 부모를 떠난다는 것은 부모로부터 독립하는 것이며, 부모로부터 독립한다는 것은 정신적, 경제적, 영적인 세 가지 영역에서 온전히 독립해야한다는 것이 가르침이었고, 나 또한 깊이 동의하였다.

그러므로 결혼 후에는 당연히 부모에게 기대지 않고 살아가야한다고 생각하였고, 자녀의 결혼 후에도 자녀를 떠나보내지 못하는 소위 헬리콥터 부모, 캥거루 자녀, 기혼자녀에 대한 지나친 지원으로 노후 생활에 어려움을 겪는 것은 이러한 원리를 따르지 않은 결과라고 생각해 온 터였다.

사위가 제대를 하고 유학을 구체적으로 준비하며 떠날 때가 가까워 올 즈음에야 사위가 유학 갈 대학 출신 스승의 주선으로 사위에 대한 후원회를 결성한다는 소식을 들었다.

'장인으로서, 출가한 딸네의 유학비를 부담할 생각은 없지만, 장로로서 교회를 이끌어갈 학자나 훌륭한 목회자를 기르는 일에 후원은 할 수 있다'라는 생각에 후원 제안을 했던 터였다.

그러나 돌아온 대답은 50만 원 이상은 받을 수 없다며, 나의 후원 제안을 정중하게 거절하는 것이었다. 그 이유는 유학기간이 최소한 7년이란 장기간으로 개인에게 이 큰 부담을 장기적으로 지우는 것은 몹시 힘든 일이기 때문이라는 것이었다.

이러한 대답을 들으며, 약간은 섭섭하기도 하였지만, 오히려 그들의 당당함과 하나님을 향한 믿음에 마음이 든든해지기도 하였다. 이런 분명한 물질관을 가진 아이들이라면 앞으로의 삶의 행로에서 어떤 물질적 어려움도 감당해 내리라는 믿음을 갖게도 되었다.

그러고 보니 이 아이들이 신혼 초 자동차를 구입하던 때도 비슷한 일이 있었다. 바깥사돈이 타던 낡은 자동차를 물려받아 타던 어느 날, 이 자동차가 완전히 멈춰버렸다. 마침 친정에 온 딸아이와 사위는 저희들끼리 자동차 브로슈어를 보며 새 차를 월부로 살 것인지, 고쳐서 좀 더 탈 것인지를 놓고 격론을 벌이고 있었다.

아이들이 저희들의 집으로 돌아간 후 아내와 우리가 어떻게 아이들을 지원할 지 두런두런 이야기를 나누었다. 이들은 결혼 당시 이미 제대와 동시에 유학 갈 계획을 가지고 있었고, 이에 따라 가재도구 구입도 최소화할 요량으로 딸아이의 혼수를 거의 장만해 주지 않았다. 그 대신 이 기회에 자동차를 구입하는데 얼마간의 도움을 주고 싶은 마음과 그것이 이제 막 세상살이를 시작한 이 아이들의 독립성에 혹 손상을 주지는 않을까 등을 두고 아내와 대화를 나누다 잠이 들었다.

"아빠! 엄마로부터 저희 자동차 구입비용을 도와 주시려 한다는 얘기를 들었습니다. 고맙습니다만, 돈은 보내주시지 않아도 됩니다. 아빠, 엄마의 마음만 감사히 받겠습니다. 저희들이 가진 돈으로 절반을 지불하고, 절반은 월부로 갚아 나가겠습니다. 작은 월급으로 월부금을 갚아 나가는 어려움도 알아야 앞으로 경제적으로 힘든 성도들을 깊이 이해할 수 있기도 하겠고요. 시댁 어른들께서도 도움을 제안하셨지만, 꼭 같이 말씀드렸습니다."

이런 아이들의 물질관이라면 마음을 놓아도 되겠다는 생각에 흐뭇했던 기억이 있다.

하여튼 월 지원 후원금은 그렇게 삭감되었고, 네덜란드로 가는 비행기 삯은 내가 낼 수 있도록 아이들에게 부탁(?)하여 허락을 받아 그렇게 유학을 떠나보냈고, 여러 사람들의 도움으로 7년 반 만에 훌륭하게 박사학위를 얻어 올해 3월 대견하게 돌아왔다. 귀국 2년 만에 모교 교수로 임용되었으니 기특하기 그지없는 일이다.

곧 결혼이란 부모를 떠나는 것이고, 부모를 떠난다는 것은 부모로부터 독립하는 것이며, 부모로부터 독립한다는 것은 정신적, 경제적, 영적인 세 가지 영역에서 온전히 독립해야한다.

16. 아름다운 싸움

“돈은 절대 더 받을 수 없습니다!”

“당초 500인분을 예약했지만, 200여 명 이상이 더 식사를 했다면 제가 당연히 보상을 해 드려야지요!”

“아닙니다! 저는 500인분의 식재료를 준비했기 때문에 그 이상의 하객이 식사를 했다 하더라도 더 이상 돈을 받을 수 없습니다!”

딸아이의 결혼식 후 하객들을 대접하기 위해 음식을 준비해준 출장 뷔페 사장님은 완강했다. 당초 준비한 식수인원 500명을 넘어 700여 명의 하객이 식사를 했다는 얘기를 듣고 식대를 얼마라도 더 드리고 싶다는 나의 제안을 듣고 뷔페를 준비해준 사장님은 절대 더 받을 수 없다는 것이었다.

하긴 주택가 중앙에 위치한 교회에서 딸아이의 결혼 예식을 갖겠다고 했을 때부터 지인들은 걱정을 많이 해 주었다. 특히 주차 문제와 예식 후 식사 제공 문제로 하객들을 너무 불편하게 할 것이라며, 회사 앞 호텔이나, 예식장에서 하라는 충고를 해주는 이가 많았다.

그렇지만 딸아이도 어릴 적부터 뛰어놀며 신앙을 키워온 교회에서 꼭 결혼 예식을 올리고 싶어 했고, 나 또한 '신혼부부 제조 공장(?)' 같은 예식장에서 다음 팀이 대기하는 시간에 쫓기며 '해치우 듯이' 하는 결혼식보다는 그래도 조금은 경건한 분위기 속에서, 참으로 하나님 앞에서 결혼 예식을 갖는 것이 더 의미가 있다고 생각했기에 기꺼이 응했다.

물론 축하해주기 위해 어려운 발걸음을 해 준 귀한 하객들에게는 골목길 어귀에 주차하느라 고생하고, 식사 또한 좁은 교회 예배실 등에서 너무나 불편할 것이 분명했지만, 그러한 것들이 결혼의 본질이 아니라, 하나님 앞에서 평생을 다짐하며 가정을 시작하는 것이 더 본질적인 의미가 아닌가하는 생각이 현실의 예상되는 문제를 뛰어넘게 하였다.

사실 하객에 대한 식사 대접도 당초에는 교회 주차장에 가마솥을 걸고 국밥으로 대접하고 싶었지만, 도저히 수 백 명의 하객들에게 동시에 제공하는 것이 어려워 그건 포기하였다. 아마도 이러한 생각은 결혼이라는 본질보다는 체면과 편리, 그리고 먹고, 마시는데 지나치게 치우친 요즘

세태에 대한 나 나름대로의 조그마한 저항이 아니었나 싶다. 그런 점에서는 지금도 나의 고집 때문에 고생했을 그날의 하객들에게 미안한 마음이 들기도 한다.

하여튼 결혼식장을 교회로 확정하고 하객 식사 대접 방법을 찾던 중 이 출장 뷔페 사장님을 만나 인당 12,000원에 500인분을 계약하였다. 당시 호텔 예식 시 하객 인당 식대가 최소 5만 원이었고, 서울 일류 호텔의 식대는 10만 원을 넘어가고 있었으니 이 가격은 너무나 저렴한 것이었고, 먹는데 너무 많은 돈을 쓰지 않는다는 내 생각에도 부합하였다.

지금 생각해 보면 처음부터 이 사장님은 여느 사장님과는 조금 달랐던 것 같다.

"단가를 1,000원을 더 올리면 메뉴에 불고기가 추가되고, 거기에 2,000원을 더 추가하여 15,000을 내시면, 거기에 중화요리가 추가됩니다."

"한 번 뿐인 딸아이 결혼이니, 그래도 더 잘 대접하고 싶습니다. 그렇게 하는 것이 좋겠지요?"

"아뇨! 12,000원짜리도 충분히 먹을 만합니다. 원하시면 그렇게 해 드리겠습니다만, 제 생각에는 그럴 필요가 없습니다! 사람들이 평생에 한 번 뿐이네, 마네하며, 괜히 낭비하는 것입니다."

참 요즘 젊은이들 표현을 빌자면,

"헐!"

이었다.

음식 장사 하시는 분이 더 비싸게 팔아 더 많은 이윤을 남기는 것을 마다하다니!

"좋습니다! 12,000원짜리로 하겠습니다!"

이렇게 계약하고 그날 하객들에게 식사 대접을 마쳤다.

나물과 생선을 주 메뉴로 한, 시골스런 소박한 밥상에 하객들도 만족해 하였고, 그 숫자 또한 700명이 먹고도 남아, 나머지는 포장을 하여 다음날 주일 점심까지 교인들이 나누어 먹었다.

식대 지불 금액에 대한 협상은 깨어지고, 식대 송금 시 내가 일방적으로 얼마간의 금액을 더해서 송금하는 것으로 마무리 되었지만, 이런 종류의 싸움이 이 세상에 더 많이 일어난다면 세상은 조금 더 아름다운 세상이 되지 않을까 생각해 본다.

이런 종류의 싸움이 이 세상에 더 많이 일어난다면 세상은 조금 더 아름다운 세상이 되지 않을까?

---

17. 형제

"야! 인마! 내가 그때 경북고를 갔다고 내 인생이 지금보다 더 잘 됐다고 보장할 수 있겠어? 이만하면 한 세상 잘 살았지 뭐!"

3살 위의 형님은 물론, 나 자신도 예순을 넘어서야 형님께 내 마음 속 미안함의 일단을 완곡하게 얘기 했을 때 돌아온 답이었다.

그때는 1960년대 중반, 중학교 들어가는 일이 그야말로 '입시지옥'이라고 불리던 시절이었다. 그해 겨울, 3살 터울인 형님과 나는 각각 중3, 초등 6학년으로 입시를 치르게 되었다.

그해에는 12월에 중학교 입학시험이, 그리고 1월에 고입시험이 있었다. 그래서 내가 먼저 12월에 중학교 입학시험을 치르게 되었다.

그 시절 시골에서 농사짓던 집안이 대부분 그렇듯이 우리 집 또한 아들 둘을 모두 대학에 진학시킬 형편이 되지 못하였다. 아버지께서는 당연히 맏아들인 형님을 그 당시 영남지역 최고의 명문이었던 경북고에 진학시킨 후 대학으로 보내 집안을 일으키도록 하고, 동생인 나는 당시 산업화로 취업이 보장된 공고로 보내는 전략을 세웠다.

그런데 엉뚱하게도 아버지의 그 전략은 그 당시 또 다른 대구의 명문 중학교인 경대사대부중에 예상과는 달리 내가 합격하는 바람에 아버지의 전략에 차질을 초래하게 되었다.

공교롭게도 내가 합격한 사대부중은 3년 전 형님이 입시에서 실패한 바로 그 학교였다. 아버지는 이 예상하지 못한 결과를 보고 고심 끝에 둘째인 나를 대학으로 보내고, 그 대신 형님을 대구공고로 보내기로 전략을 전격적으로 변경한 것이었다.

아버지의 말씀이 바로 법이었던 그 시절, 형님은 아무 항변도 못하고 경북고등학교 지원에서 갑자기 대구공고로 진학하게 된 것이었다.

형은 그 후 고등학교 졸업 전인 고3 여름에 현대자동차에 취업하였지만, 취업과 동시에 대학은 꼭 나와야 한다는 사실을 목도하고는 그해 가을 대입예비고사에 합격하여 아버지의 별다른 도움 없이 자력으로 대학을 졸업하고, 현대자동차에 재입사한 후 연구 분야에서 인정을 받아 중역까지 역임하고 퇴임하였다.

형님과 나의 삶의 궤적을 보면 참 유사한 길을 걸었다는 생각이 든다. 형님은 현대자동차를 고졸, 대졸 후 두 번 입사하였고, 나는 현대중공업을 대학, 대학원 졸업 후 두 번 입사하였다. 뿐만 아니라, 회사 퇴임 후에는 공공기관의 기관장을 각각 지낸 것 또한 같다.

그 결과 형님과는 육십을 훨씬 넘긴 지금에도 공유하는 기억과 경험이 많아 요즘도 만나면 형제가 밤이 늦도록 다정하게 얘기를 나눌 수 있는 것도 큰 축복이다.

나로 인하여 형님의 삶의 진로가 굽어진 것이 아닌가하는 죄송한 생각이 늘 마음 한 켠에 남아 있었던 나에게 형님의 저 한 마디는 내 마음의 짐을 다소 가볍게 하였음도 사실이다.

18. 과잉홍보

“공부하라고 애써 도서관에 데리고 왔는데, 빈들빈들 놀고 있으니 얼마나 화가 났겠어요!”

“혼을 내 줄려고 보니 글쎄, 아침에 사 준 문제집을 11시도 되지 않아 한 권을 이미 다 풀어 버려 더 이상 할 일이 없었던 것이었지요. 허, 참!”

늘 형님의 동생 자랑은 이렇게 시작하였다.

얘기의 시작은 역시 1960년대 중반, 형님이 중3, 내가 초등 6학년 여름쯤인 것 같다. 경산에서 사과 농사를 짓던 아버지께서는 여전히 결핵 후유증을 앓고 계셨고, 나는 초등학생이었지만, 농사일이나, 가지, 오이 등 농산물을 오리 떨어진 5일장에 내다 팔 때 수레를 끄는 일은 내 차지였다. 입시경쟁이 치열하던 시절 6학년이 되고, 입시가 다가와도 이런 일을 할 일손이 따로 없던 관계로 공부에 지장이 가도 어린 손이지만, 내가 감당할 수밖에 없었다.

참 지금 생각해도 형님이 기특(?)하고 감사하다. 어떻게 15살 밖에 되지 않은 어린 나이에 동생을 데리고 그 먼 도서관까지 갈 생각을 했을까? 아마도 그날도 그냥 두면 주말 내내 밭에서 일만 할 것이 뻔하여 하루라도 도서관에 데리고 가서 공부하도록 돕고 싶었던 모양이다.

하여튼 형제는 아침 일찍 집을 나서 예의 그 금호강 둑길 오 리를 걸어 나룻배를 타고 강을 건넜고, 다시 사과밭 사이 탱자나무 우거진 길을 지나 청천역에서 기차를 타고 경북대학교부속병원 앞에 있던 대구시립도서관으로 갔다. 도서관에 들어가기 전 형님은 서점에 들러 나에게 입시대비 문제집을 사주었고, 시골에서 늘 교과서만 보던 나는 그 갈증에 한 달음에 문제집을 풀었던 것은 사실에 가까운 팩트였던 것 같기는 하다.

그러나 세월의 나이테가 쌓이며 형님은 조금씩 조금씩 동생자랑에 신화적 요소(?)를 가미하기 시작하였다.

이를테면, 내가 문제집을 다 푼 시간이 오후였을 가능성이 다분히 있음에도 불구하고, '11시도 되지 않아…….' 혹은 '동생이 한 달음에 다 풀고는 놀고 있더라.' 등등으로 과장되어 갔다. 우리는 가끔 오래된 이야기에 심취하다 보면, 그리고 그러기를 희망하면서 이야기를 하다보면, 팩트에 그 어떤 무엇이 덧씌워져 그것이 사실로 굳어지는 것을 경험하게 된다. 물론 형님이 혹 이 글을 보게 되면 여전히 전혀 과장 없는 사실이라고 주장하며 억울해할지도 모른다.

그러나 나는 그런 형님이 부정확하다거나, 사실이 아니라고 형님에게 따질 생각은 전혀 없다. 왜냐하면 형님의 확신에는 이 동생을 향한 애정이 가득 차 있기 때문이다. 나아가서 그게 사실이 아니어도 상관이 없다. 그것은 바로 동생에 대한 사랑이기 때문에.

신화화된 형님의 동생에 대한 과장 홍보는 여기서 끝나지 않는다.

"시골에서 남폿불 아래 동생과 함께 엎드려 공부할 때지요. 잠이 많았던 동생은 내 옆에서 잠들기 일쑤였는데, 하루는 얘가 잠꼬대를 하는 것입니다. 얼른 곁에 있던 동생의 교과서를 펼쳐 보니 한 글자도 틀리지 않고 잠결에 다 외는 게 아니겠습니까!"

혹은,

"아버지는 얘가 공부하지 않는다고 야단치셨지만, 교과서란 교과서는 다 외우다시피 되었으니, 뭐 공부할 게 있어야지요."

사실 이 쯤 되면 이 글을 읽는 분들은 형님의 동생에 대한 착각 혹은 과장광고가 얼마나 심한 지를 명명백백히 알게 될 것이다.

그러나 그 착각은 하나뿐인 남동생에 대한 지나친 사랑에 기인하므로 충분히 용납해 주리라 믿는다.

나는
'형만 한 아우 없다'
는 어른들의 지혜에 공감한다. 그리고 나도 형님을 생각하지 않는 것은 아니지만, 형님이 동생을 생각하는 것에 비하면 크게 못 미치는 것임을 고백한다.

19. 아! 우리 누나!

"영해야! 엄마! 합격이다! 합격!"

누나와 형은 집 앞 눈 쌓인 내리막길을 넘어질 듯이 뛰어내려오며 소리를 질렀다.

입시생인 내가 일어나기도 전 이른 새벽, 형과 누나는 그 눈길을 헤치고 멀리 떨어진 경북대학교까지 가서 합격자 발표를 보고 달려오는 길이었다.

어제 저녁에 친정을 온 누나는 어려운 살림에 구멍가게를 하며 내 재수 뒷바라지를 묵묵히 하던 엄마가 안타까웠는지 누나 특유의 직설적이고 분명한 성격대로 내게 말했다.

"니, 이번에 또 떨어지면 나하고 죽자!"

라고 막말을 했던 누나는 동생의 대학 합격을 너무나 기뻐해 주었다.

참 누나의 평생을 돌아보면 가족을 위한 헌신, 남동생들을 위한 희생으로 가득한 삶이었다. 우리 형제가 대구에서 공부를 할 때는 직장을 다니며 우리를 보살펴 주었고, 시골에 있을 때는 이웃 과수원에서 품일을 하며 가계에 힘을 보태었다.

아울러 맏딸로서 아버지의 작은어머니와의 바람과 엄마의 눈물과 한을 철든 눈으로 목도할 수밖에 없었으니 그 마음의 갈등과 고통, 상처는 이루 말할 수 없었을 것이다.

나와 여동생은 어려서 사리를 잘 판단하지 못하였기에 누나처럼 내적 갈등과 아픔으로부터 비교적 자유로울 수 있었지만 철든 누나로서는 감내하기 어려운 아픔이었다.

누나는 혼자 우리 집에 와 있던 배 다른 여동생에 대한 아버지의 편애는 억지로라도 이해한다 하더라도, 엄마는 다 떨어진 런닝을 걸치고 여름 땡볕 아래 노예처럼 눈물을 훔치며 사과밭을 맬 때, 아버지를 찾아온 작은 어머니와 아버지가 방에서 춤추던 장면은 절대 용서가 안 된다고 말하곤 했다.

"내가 그 모든 것을 잊고 용서해야 내 자신이 편해진다는 것을 알면서도 내 마음도 내 마음대로 잘 되지 않네……"

라고 말하곤 했다.

그런 가운데서 누나는 우리 집으로부터 탈출하듯이 부산으로 시집을 갔고, 누나 특유의 애살과 근검절약으로 단칸 셋방살이에서 시작한 신혼 5년 만에 작지만 내 집을 마련하였고, 그 후 더 큰 집으로 이사 가서 두 자녀를 훌륭하게 키워 세상에 내 놓았다.

무엇보다도 누나는 맏이로서, 4남매의 리더로서 역할을 너무나 훌륭하게 수행하여 형제자매들이 평생 우애 넘치고 행복한 관계를 유지하도록 하였다.

아버지가 58세 되던 해니 벌써 40년 가까운 세월이 흘렀나보다. 그해 고향 안동에서 종숙부의 회갑연이 열렸는데, 누나가 보기에 너무 좋았던 모양이다.

"야들아! 우리 아버지 회갑도 저렇게 한 번 하면 좋겠다. 아버지 회갑이 3년 남았으니 지금부터라도 조금씩 회비를 모아 보는 게 어떻겠노?"

누나의 이 제안이 빌미가 되어 부모님을 위한 형제계가 시작되었다.

이 부모님을 위한 기금은 시작은 미약하였으나, 부모님을 위해서나 형제들 간의 우애를 더 크게 하는데 상상을 넘는 기여를 하였다.

이 기금은 아버지의 갑작스런 심근경색 치료비에 요긴하게 쓰이기도 하였고, 60세가 넘어 운전면허를 딴 아버지께 보라색 액센트 새 차를 사드리기도 했다. 그 효과를 본 형제들은 처음 아직 결혼하지 않은 막내 여동생을 제외한 3명이 월 만원씩 내던 회비가 마지막엔 월20만원까지 높아지니 그 기금도 기하급수적으로 증가하여 부모님을 섬기고 형제들의 모임에 최소한 경제적인 부담 없이 즐겁게 사용하였다.

내가 불가리아 근무할 때 부모님께서 불가리아를 방문하는 항공료도, 딸아이가 미국 대학에 입학할 때 부모님을 모시고 미국 구경을 할 때도 내 부담으로 부모님을 모시겠다고 하였으나 누나와 형은 기어이 이 기금에서 항공료와 체재비를 쓰도록 하여 별 힘 들이지 않고 미국 여행을 다녀올 수 있었다. 그 외에도 부모님 생신을 4남매가 돌아가며 준비를 하였는데, 생신을 준비할 차례가 되면 누나가 이 기금에서 생일잔치 준비 자금으로 50만 원 정도를 집행하여 준비하는 집이 그야말로 경제적 부담 없이 기꺼이 준비할 수 있게 된 것도 이 제도의 덕분이었다. 뿐만 아니라 여러 해 동안 설 연휴가 되면 부모님과 4남매 부부, 그 아래 자녀와 손자까지 스무 명이 넘는 인원이 스키리조트에서 함께 보내곤 했는데, 이때도 누나는 이 기금에서 전액 집행을 선언하여 별도의 비용부담 없이 즐길 수가 있었던 것도 모두 이 기금의 덕분이었다.

형제간의 우애도 이러한 시스템에 의하여 체계적으로 지

원될 때 더 올라갈 수 있다는 것을 알 수 있었다.

뒷날 이 기금에는 부모님 장례 후 사용하고 남은 부조금까지 여기에 보태니 적지 않은 금액이 적립되게 되었다.

최근에는 이 기금이 부모님을 섬기기 위한 동기로 출발하였지만 부모님께서 모두 돌아가시고 보니 그 기능도 다 한 게 아닌가 하는 생각이 들기도 하고, 그냥 기금을 가지고 있는 것 보다는 나이가 더 들기 전에 각각 더 요긴하게 쓸 수 있도록 하자는데 의견의 일치를 보아 부모님 기일이나 식구들이 만날 때 식비정도로 쓸 만한 금액만 남기고 각 가정에 배분하기로 하였다.

이 때 누나와 작은 다툼(?)이 있었다.

"나는 일찍 은퇴하여 기금을 적립하는데 많이 기여하지도 못했고, 부모님 상사 시 부조도 대부분 너희들과 관련된 것인데, 어떻게 같은 금액을 나누어 가진단 말이고! 안 된다!"

라는 것이었다. 공동의 기금은 꼭 같이 나누는 게 옳다는 형님의 말을 전하며 경우가 너무 바른 누나를 겨우 설득하여 그대로 집행할 수 있었다.

지난 세월을 가만히 돌아보면 누나는 형수님이나 나의 아내에게 단 한 번도 시누이로서의 모습을 보인 적이 없었고 늘 감사와 칭찬만을 보냈다. 최근에는 투병 중인 형수님을 돕고자 부산에서 전주를 멀다하지 않고 기꺼이 내왕하였고, 요즘은 약해진 형수님을 돕고자 대구까지 와서 가사를 돌보아 주고 있으니 이런 헌신적인 누나를 누가 성질이 있다 하는가!

양지바른 아파트에서 마음씨 좋은 자형과 따뜻하게 살고 있는 우리 누나, 참 잘 자라 제 길을 잘 가고 있는 큰 딸과 아들, 4명의 귀여운 손자를 둔 우리 누나! 참 마음의 평안을 누리며 즐거운 나날이 되기를 기원해 본다.

형제간의 우애도 이러한 시스템에 의하여 체계적으로 지원될 때 더 올라갈 수 있다는 것을 알 수 있었다.

---

20. 돌싸움의 추억

설날이 지나고 정월 대보름이 가까워오면, 그렇게 친하게 지내던 개구쟁이 동무들 사이가 갑자기 서먹서먹해지기 시작하고, 급기야는 동네별로 적이 되어 갔다. 금구동은 어느 동네와 연합군이 되어 현흥동과 싸웠고, 용암동은 어느 동네와 한편이 되어 또 다른 연합군과 적이 되어 돌싸움이 벌어졌다. 개울이나 그 넓은 금호평야가 돌싸움의 전장이 되었다.

그때 우리 집은 마을 본동으로부터 멀리 떨어져 동네의 제일 끝(웃각단 이라고 불렀다), 곧 이웃 동네와 경계가 되는 개울가에 있었다. 그래서 우리 집 헛간은 자연스럽게 우리 동네 최고대장이 싸움을 지휘하는 지휘소의 역할을 하였다. 대장은 직접 돌싸움의 현장에 참가하기 보다는 긴 몽둥이를 지팡이 삼아 짚고, 위엄 있고 상당히 심각한 표정으로 저 아래 벌어지는 전쟁의 상황을 보며, 무엇인가 전령에게 지시하곤 했다.

지금 생각해 보면 아무리 많아도 스무 살은 넘지 않았을 그 대장이 어린 내게는 너무나 크고 노숙해 보였다.

밤이면 못으로 숭숭 구멍을 뚫은 깡통에 마른 아카시아 나무뿌리를 넣고 불을 붙여 돌리면 붉은 원들이 온 들판에서 군무를 추었고, 낮이면 밀고 밀리는 공방전이 한 열흘쯤 계속되었다. 가끔씩은 머리가 깨지는 부상을 당하는 군사(?)들도 나오곤 했다.

이 '전쟁'기간 동안에는 학교에 왔다가 돌아가는 길에도 긴장이 흘렀다. 동네별로 똘똘 뭉쳐 한 부대가 되어 농수로를 따라 은폐, 엄폐를 하며 척후병을 띄워 사주경계를 하며 마을로 돌아가 그 대장의 명령에 따라 부대에 배속되어 다시 전선에 배치되었다.

그러나 그 뿐이었다. 여느 때보다 더 크고, 맑고, 밝은 둥근달이 떠오르는 정월 대보름이 되면 언제 그랬냐는 듯이 동무들은 다시 허물없는 동무가 되어 하굣길엔 개울을 막아 물을 퍼내고 바닥을 뒤져 미꾸라지를 잡았고, 맑고 푸르른 하천(금호강)으로, 바위절벽 용디미가 있는 오목천으로 가서 발가벗고 다이빙을 함께 즐기는 개구쟁이들로 돌아가는 것이었다.

훗날 이 돌싸움의 정체가 궁금하여 자료를 찾아보니,
'고구려 때부터 부족이나 자연부락 사이에 돌싸움(석전)이 있었으며, 조선시대에도 이에 대한 기록이 있다. 그 근원은 적을 방어하는 훈련에서 시작하여 풍년을 기원하는 풍습으로 변화하였다. 조선시대에는 죽거나 다치는 자가 많아 나라에서 금하기도 했다.'

이 기록의 끝은,
'이 돌싸움의 풍습은 일제 강점기를 지나 1960년대 까지도 일부가 남아 있었다.'
아!
우리가 이천년을 내려온 돌싸움의 '일부 남은 자들'이자, 그 마지막 세대였구나!

21. 형형제제(兄兄弟弟)

1. 공룡 이름이 궁금해

'저는 아직 유치원생인걸요! 한글은 초등학교에 들어가면 배울 거예요!'

공룡에 심취하여 책에 수록된 수십 종의 공룡이름을 익히기를 즐기던 7살 난 둘째 손자 하진이, 그 복잡하고 어려운 공룡 이름들을 그림만으로도 잘도 익히더니, 모르는 것은 두 살 터울의 형아 하람이에게 글자를 물어가며 익혔다. 그러나 묻는 횟수가 많아지니 형아도 조금은 짜증을 내기에 내가,

'얘! 너 한글을 거의 다 아는 것 같은데, 아예 네가 한글을 다 배워 네 스스로 읽으면 될 텐데, 왜 배우지 않아?'

라고 물었을 때 돌아온 둘째 손자의 대답이었다.

물론 이 대답은 나의 딸아이가 한글 모르고 유치원에 들

어가는 작은아들을 격려하기 위해 한 말이었음은 물론이다.

사실 유치원 동년배들은 벌써 한글을 깨치고 유치원에 들어와 있었지만, 하진이는 아버지의 유학 중 네덜란드에서 태어나 그해 3월, 5년 만에 한국으로 돌아와 유치원에 한글도 모르는 채 입원한 상태였다.

아이가 유치원에서 한글을 몰라 상처를 받을까 걱정이 되어 귀국 전 딸아이에게 아이에게 한글을 좀 가르쳐서 들어오는 것이 좋겠다고 전화했더니, 한국교육현장의 실상에 무지한 것인지 아니면 나름의 철학인지,

"아이가 필요하다고 느끼면 배우겠지요 뭐"

라며 천하태평이었고, 어린이가 있는 가정이면 거의 예외 없이 벽에 붙어 있는, 'ㄱㄴㄷ~~~가나다라'등이 적힌 문자 학습 표를 보내 보기도 했지만, 이것 역시 아이들로 하여금 문자의 자연스러운 조합을 방해하고, 사고를 기계적으로 하게 한다며 벽에 붙이지 조차 않았으니, 7살이 넘은 입국 시까지 한글을 모르는 것은 지극히 당연하였다.

그런데 이 녀석의 학교에서의 태도는 더욱 가관이었다.

하루는 유치원 담임 선생님께 동화책을 들고 가서는 책을 읽어달라고 요청하였다. 그래서 선생님은

"네가 읽지 왜 내게 읽어달라고 해?"

라고 묻자, 아이는 너무나 당당하게,

"저는 아직 한글을 읽지 못하거든요. 저도 초등학교 들어가면 한글 배워서 읽을 거예요. 그러니 지금은 선생님이 읽어주세요!"

했다는 선생님의 전언이었다. 선생님께서는 한글 읽지 못 한다는 것을 이렇게 당당하게 얘기하는 아이는 처음 보았다며 혀를 내두르셨다.

그 후 아이는 입국 후 반년 정도가 지난 9월쯤 알고 있는 공룡 이름들에 들어간 자모들을 조합하여 글자를 이해하지 못했던 공룡들의 이름을 자력으로 읽기 시작하였다. 제 스스로도 그게 신기한지 할아버지만 보면 이제 다 읽을 줄 안다고 자신 있게 문제를 내어보라고 조르곤 하였다. 그래서 내가 아이에게 넌지시 시비조로 물어보았다.

"야! 이 녀석아! 유치원생이 한글 배우면 되? 초등학교 들어가서 배워야지!"

요 쪼고만 7살짜리의 능청인지, 아니면 진짜 그렇게 생각하는지는 알 수 없었지만,

"죄송해요 할아버지, 공룡 읽다가 그만……"

하며 멋쩍은 듯 머리를 긁는 것이었다.

2. 형형제제(兄兄弟弟)

"하람아!"

부산 딸아이의 집에 도착하자마자 큰 손자를 찾았지만, 아이가 보이지 않았다. 딸아이가 아마도 화장실에 있을 것이라고 귀띔해 주었다.

역시! 9살짜리 아이는 변기에 앉아 독서삼매경에 빠져있었다. 이 녀석의 화장실 독서 버릇 때문에 애매하게 내가 아내로 부터 힐난을 받기도 했다.

"화장실에 오래 앉아있는 버릇은 할아버지 닮아 그렇다"

고 말이다.

하여튼 이 녀석은 책을 잡았다 하면 바로 그 책의 세계 속으로 쏙 들어가 버린다. 아침에 일찍 일어나 보이지 않으면 서가 한 구석에 들어가 책을 읽었고, 책을 읽기 시작하면 곁에서 무슨 일이 일어나도, 무슨 말을 해도 이 녀석에게는 들리지 않았다.

그러다 보니 아홉 살 난 아이로서는 독서량이 엄청 많았다. 특히 과학과 역사 분야의 이해가 생각보다 매우 깊었다. 딸아이의 집에 갈 때마다 이 녀석은 역사 퀴즈를 내 달라고 방문 기간 내내 조르는 것이었다.

"연산군을 몰아내고 왕이 된 사람은?"

"중종!"

"그 사건의 이름은?"

"에이, 할아버지! 그것도 모를까봐요? 중종반정."

"그럼, 조선시대에 반정은 몇 번 있었지?"

"두 번"

"……."

내 짧은 역사 지식으로는 이 아이의 호기심을 다 채워 주기엔 역부족이다.

'손자를 위한 역사 퀴즈'

란 책을 준비해야 할 판이다.

이 아이에 비해 둘째 녀석은 매우 활동적이고 음악적인 재능을 가진 듯하다.

제 형의 독서 시간이 길어지면 같이 놀자고 야단이고, 악기연주를 좋아한다. 한 뱃속에서 나왔지만, 어린 형제 속에서 참 다른 다양성을 만난다.

우리는 가끔씩 형제간의 이 다양성과 다름 조차도 '비교대상'으로 바라보는 우를 범할 때가 종종 있다.

큰 녀석의 예의 중시, 독서 취향, 사색적 분위기, 작은 녀석의 자유분방, 음악적 취향, 활동적 에너지 등 이 모든 것이 비교대상이 아니라, 하나님께서 그들에게 부여한 귀중한 그들만의 자산이라는 것을 깨닫게 된다.

'君君臣臣父父子子(군군신신부부자자)'

논어 안연편에 제나라 경공이 공자에게 어떻게 하면 정치가 잘 될 수 있는지를 물었을 때 공자가 대답한 말이다. 왕은 왕답고, 신하는 신하다우며, 아버지는 아버지답고, 아들은 아들다우면 된다. 곧 각자의 위치에서 각자에게 주어진 역할을 성실하게 감당하면 된다는 것이다.

형형제제(兄兄弟弟) 형은 형답고, 동생은 동생다우면 되고 자신의 취향과 색깔대로 마음껏 살면 된다.

22. 아! 엄마, 그리고 아부지!

1. 입관

엄마!

이제는 이 땅에 사는 동안 부를 수 없는 이름!

그 어려운 삶의 순간에도 늘 우리만을 생각하며 인내하고 자애로운 미소로 우리를 바라보던 엄마!

엄마는 내 기저귀를 수 천 번이고 기쁨으로 갈아 주었지만, 나는 몇 번 갈고는 신경질을 내었던 것 미안해 엄마!

엄마는 모든 사람에게 천사였어.

이제는 그 모든 고통과 아픔 다 잊고, 눈물도, 슬픔도, 애통도 없는 천국에서 편히 쉬어. 멀지않은 날 나도 갈께.

이제는 엄마!

진짜 천사가 되어 훨훨 날아가-

엄마가 남긴 우리 형제, 이 땅에 사는 동안 더 사이좋게 사랑하고, 아버지 가시는 날까지 잘 모시께. 걱정하지 말고 잘 가. 바이 바이!

2018년 2월 22일 둘째 아들 영해가

2. 입원

요양원 가기 싫다고 고집부리시던 아흔넷의 아버지,
이제는 더 이상 집에서 계시기 위험하여 고집을 꺾으셨다.
안 들어가시겠다고 오랫동안 우리 자식들을 힘들게 하던 아버지,
막상 들어가겠다고 입원 준비를 하시는 아버지 모습이 오히려 마음을 아리게 했다.
당신 사진과 물건을 정리하다가,
"내 못 돌아오면 내 영정사진, 준비해둔 수의 여기 있다"
일러 주신다.

3. 아부지

뽀송뽀송한 새 기저귀로 갈아드리니
아기처럼 쌔근쌔근 코를 골며
잠이 드셨다.

두 시 반,
잠결에 깨어보니 온 몸과 이불이
대소변으로 범벅이었다.

눈물 섞어 맨손으로 닦아내고
침대에 뉘였다.
내 아기 적 엄마가 수 만 번 내게
했던 것처럼.

4. 고통, 혹은 기쁨

간병사 휴가 보내고 지키는 주말 당번

괄약근 약해진 아흔다섯 아부지는
밤새도록 조금씩 변을 보았다.

씻겨놓고 나면 또 나오는 것을 맨손으로 씻어내며,
내 죄도 조금씩 씻어낸다.

얼마나 다행한 일인가!
만분의 일, 아니 억 만 분의 일이라도
내 받은 은혜 갚을 기회가

주어진다는 것은!

5. 호국원의 안식

아버님, 어머님의 유골을 품에 안고

영천 호국원으로 가는 길가에는 복사꽃이 파스텔화처럼 온통 붉은 빛으로 봄비 속에 퍼져 나갔습니다.

일제시대와 태평양전쟁, 6.25, 그리고 4.19와 5.16, 산업화와 유신, IMF와 민주화...

격동의 한 시대를 살아오신 아버지가 95년 이 땅의 삶을 마감하고 지난 9일, 하나님의 부름을 받아 천국으로 드셨습니다.

고관절 골절 수술이 불가능하다는 의사의 판정이 야속하였지만, 죽음도 하나님께서 우리에게 주신 축복의 하나임을 깨닫게 해 주었습니다.

이제는 애통하는 것이나, 곡하는 것이나 아픔이 없는 곳, 하나님께서 우리 눈에서 눈물을 닦아 주시는 곳에서 평안한 잠에 드시길 기도합니다.

23. 딸에게 보내는 편지

1. 엄마, 아빠!

저 데이비슨에서 입학허가서를 오늘 받았습니다!

사랑하는 엄마 아빠~ 저 이렇게 키워주셔서 정말 감사합니다!

저 어제 합격 통지 듣고 얼마나 하나님 앞에서 많이 부끄러웠는지... 전 제대로 한 것도 없는데, 문제아 양인데, 하나님께선 최고의 것으로 항상 채워 주시니 얼마나 감사하고 죄송한지...

또 엄마 아빠가 기도해주셔서 이렇게 선한 길로 인도해 주시는 것 같아요.

데이비슨 대학 합격이 하루 종일 실감 안 나는 거 있죠^^

앞으로는 남은 yale대학 합격을 위해서, 그리고 제가 행여 교만해지지 않게 기도해 주세요. 항상 건강하시구요.

한국 갈 날이 너무 기다려져요……

합격 통지를 받고나니 이곳 소피아에 더 있어야 할 이유가 없어진 것 같아서요.

두 분 많이많이 보고 싶고요, 정말 정말 사랑해요. 저 이렇게 키워 주신 것 정말 감사해요. 열심히 배우고 익혀서 세상의 빛과 소금 같은 사명인이 되어서 두 분의 사랑을 갚을게요.

불가리아 소피아에서
딸 오진이 드림

2. 오진이 보거라

어제는 서울 출장을 다녀오고 저녁 늦게 들어와 매우 피곤하였지만, 오늘 새벽에는 어찌하든지 이웃 교회로 가고 싶더구나. 이렇게 좋은 일이 있고 나서야 하나님을 찾는 기회주의자조차도 하나님은 용납해 주시리라 믿으며 말이다.

세상에서 나의 일 보다 자녀의 일이 잘 되는 것이 더 기쁠 수 있다는 사실을 실감할 수 있었던 어제 하루구나.

어제는 서울을 갔다 돌아오는 내내 내면에서 솟아나는 기쁨을 솔직히 주체하기 어렵더구나. 주책없이 이래서는 안 되는데 하면서도 너를 아는 분들을 만날 때마다 자랑하지 않고는 배겨낼 수가 없었다. 그래서 또 한 번 팔불출이 되었지.

나는 네가 얼마나 자랑스러운지 모른단다.

네가 어릴 때부터 꿈을 크게 가지라고 네게 늘 이야기 해왔지만, 현실에서는 오히려 너 보다도 훨씬 믿음이 적어, 어려움을 만날 때마다 너 보다 쉽게 포기하곤 했었지 솔직히.......

미국으로 공부하러 가기를 너는 중학교에 들어가면서부터 소원을 가지고 있었지만, 나 자신도 경제적인 면이나, 관습적인 면(여자라는) 등에서 참으로 망설여지는 때도 많았지. 그리고 하나님께서 인도해 주시겠지만 만일의 경우 대비책은 인간인 내가 세워야 한다는 합리적인(가끔은 믿음 없음을 우리는 합리란 이름으로 가장할 때가 있지) 판단 하에 경제적인 걱정과 네가 장학금을 충분히 받지 못하여 국내로 들어오는 문제 등으로 혼자 재어 보던 내가 갑자기 부끄러워지더구나.

이러한 여러 가지의 갈등 속에서도 네 뜻을 세워 끝까

지 관철해 낸 너의 의지에 격려를 보낸다. 이제는 네 길을 네가 분명히 잘 개척해 나아가리라는 믿음이 생긴다. 네 능력이 다소 부족하여도 분명한 뜻을 가지고 하나님을 의지하며 나아가면 반드시 이룰 수 있음을 네 스스로 체험하였으니 앞으로도 작은 일이라도 하나님께 아뢰며 그분의 인도하심을 받도록 해라. 왜냐하면 네 육신의 부모는 너를 늘 도와 줄 수 없지만, 하나님께서는 시공을 초월하여 너를 눈동자처럼 지켜주실 수 있으니 말이다. 네 말처럼 너와 우리의 부족함에도 불구하고 기도에 응답하신 하나님의 은혜가 있었기에 가능하였고, 이번 너의 합격과 장학금도 하나님께서 허락하심을 감사를 드리지 않을 수 없구나.

하지만 오진아 '섰다고 할 때 넘어질까 조심하라'는 성경 말씀처럼 이제 흥분을 가라앉히고 더 잠잠히 자신을 돌아보며, 하나님의 인도하심을, 그리고 하나님께서 우리에게 원하시는 바 그의 세미한 음성에 더욱 귀를 기울이는 우리가 되어야겠다는 생각이 든다.

이제 그야말로 시작에 불과하니 말이다. 그리고 네가 이 세상에 온 사명을 성실히 감당하기까지는 많은 어려움과 넘어야할 과정들이 있을 것이다.

작은 성공에 환호작약하고, 작은 실패에 절망해서는 큰 일을 이룰 수 없을 것이다. 더욱 자중자애하고 인도하시는 하나님의 손길을 느끼며 가자.

더욱 안전에 조심하고 이탈리아 여행 시에는 더욱 조심하여라.

이제는 조용히 일상으로 돌아와 주어진 공부와 일들을 차근차근 잘 마무리해 나가거라.

그곳 어른들께 감사를 드리고 인사 잘 하여라.

2002년 3월 28일
울산에서 아빠가

24. 어버이 살아계실 제

“자기는 퇴근하자마자 오진이를 찾으면서 아버님, 어머님께서 자기를 보고 싶어 하는 마음은 어찌 그리도 모르세요?”

대구로 가자는 아내의 재촉을 못들은 체하고 모처럼 맞이한 토요일 오후의 게으름을 즐기고 있던 나에게 던진 아내의 이 한 마디는 결국 나를 자리에서 일어나게 만들었다.

경주 남산 자락의 금빛으로 물드는 들판을 지나 대구로 가는 고속도로 입구에 들어설 즈음에는 종달새처럼 지저귀던 딸아이도 아내도 잠이 들었고, 자동차들만이 빠른 세월을 추월하듯 한낮의 하얀 적막 속으로 질주하고 있었다.

그래, 어머님께서 나를 낳아 기르실 땐 한 번도 당신의 일이 바쁘다는 이유로 방치한 적도 없었고, 떼어놓은 체 멀리 갔던 일도 흔치 않았지. 먹을 것이 넉넉하지 않던 시절, 혹 맛있는 것이라도 생기면 당신은 그런 것 별로 좋아

하지 않는다거나 속이 좋지 않다며 한 입이라도 자녀들에게 더 먹이려 애쓰시며,

"옛 사람들 말에 '마른 논에 물 들어가는 소리하고 아이 목구멍에 젖 넘어가는 소리가 제일 듣기 좋은 소리'라 안 켔나."

하시며 당신이 드시는 것 보다 더 흐뭇한 눈빛으로 바라보곤 하셨지. 이에 비해 나의 자식 구실이란 게 무엇인가? 생신, 명절 때나 겨우 찾아뵙고, 은행에 용돈 몇 푼 입금하면 내 일을 다 한 냥 생각해 온 것이 아니었던가. 그러면서도 '부모님도 내 바쁜 사정은 잘 아시겠지', '부모 자식 간의 사랑은 내리 사랑이지' 또는 '내가 지금 있는 자리에서 그저 건강하고 열심히 사는 것이 효도지 뭐 별 것인가'하고 자기합리화나 하면서 살아온 게 사실이었다.

부모를 관광지에 버리고 간 아들에 관한 신문보도를 보며 '이런 사람이 다 있나'라고 생각하다가 가만히 생각해 보면 제 살기에 바빴고, 기껏 제 처자식 건사하는 데나 온 정신을 쏟아온 나의 소행이 뭐 그리 다를 게 있나 생각해 본다. 요즘도 생활 자체가 어려운 사람들이 아주 없는 것은 아니지만, 예전처럼 먹는 것 부족하고, 돈 없어 고통받는 부모보다 사람 그립고 정 고파서 아픈 노인이 더 많은 세상 아닌가?

오늘날 우리가 살고 있는 사회의 병리 현상들, 극도의 이기주의, 기본적인 예의와 염치의 상실, 인간성의 상실에까지 이른 잔인한 범죄들의 연원을 가만히 따라가 보면 우리사회 전체를 관통하는 가치관의 부재라는 문제를 만나게 되고, 그 한 가운데에는 효도문화의 상실이 위치하고 있음을 보게 된다.

우리는 많은 전통적인 가치관을 시대에 맞지 않는다는 이유로 폐기처분한 것이 많지만, 그중에 결코 버려서는 안 될 것 가운데 하나가 효의 정신이 아닐까 싶다.

"여러분이 배우자를 선택할 때 첫 번째 살펴볼 일은 그가 자신의 부모님께 효도하는 사람인가 알아보는 것입니다. 왜냐하면 부모님께 효도하는 사람은 그가 받은 기본적인 은혜에 감사할 줄 아는 사람이기 때문입니다. 그 기본적인 은혜에 감사할 줄 모르고 자신의 부모님도 제대로 사랑할 줄 모르는 사람이 당신을 진심으로 사랑한다는 것은 위선에 불과합니다."

몇 년 전 읽은 영남대학교 김민복 교수의 글이다. 참 옳은 말이다.

나이 탓인지 아니면 철이 드는 것인지는 알 수 없으되, 나이가 들어가며 어릴 적에는 비합리적이고 고리타분하게만 보이던 것들이 차츰 가슴에 와 닿는 것 중의 하나가

예전의 3년 상 제도이다. 부모가 돌아가신 후 3년(만 2년) 동안 근신하고, 묘 옆에 초막을 짓고 시묘살이까지 한다는 것이 도무지 이해가 되지 않았고, 너무나 비합리적으로 보였다. 그런데 그 행위의 본래 의미를 듣고는 고개가 끄덕여 지는 것이다.

부모의 몸을 빌려 이 세상에 태어났다 하더라도 핏덩이 아기는 방치하면 죽을 수밖에 없다. 그래서 부모가 24시간 돌봐 주어야 하는 최소한의 기간이 3살 때까지라는 것이다. 즉 부모가 자녀를 돌보고 걱정하는 것은 평생을 두고 하는 일이지만, 최소한 생명을 있게 하고, 살아갈 수 있도록 전적으로 돌보아 주신 기간만이라도 부모의 은혜를 생각하고 돌려드리자는 것이 3년 상을 입는 정신적 의미라는 것이다.

현대인의 눈으로 보면 여간 비합리적이고, 비현실적인 것이 아니지만, 현실과 합리만을 숭상한 결과 오늘날 우리 사회가 겪고 있는 가치관의 혼란과 고통을 생각해 본다면 반드시 비합리적인 제도라고 치부해 버릴 수만은 없을 것이다.

나는 가끔 예전의 3년 상을 현대화하여 되살리는 것이 어떨까하는 엉뚱한 생각을 해보곤 한다. 3년 상을 그야말로 문자 그대로 실천한다는 것은 아무래도 비현실적인 일이고, 단지 그 정신적 의미만은 되살려 보자는 것이다. 이를 테면 연로한 부모님이 살아계실 때 1개월 정도의 휴가를 주어 부모님 곁에서 마지막으로 봉양할 수 있는 기간을 가질 수 있도록 하는 것이다. 이를 통하여 인간관계의 출발이요 기본이 되는 부모 자식 간의 관계를 다시 생각해 볼 수 있도록 함으로써 다른 인간관계의 고양에도 보탬을 줄 수 있다면, 그에 따른 사회적 비용보다 이를 통해 얻는 사회적 유익이 더 큰 것이 아닐까?

사실 우리는 부모 있은 연후에 부부 있고, 부부 있은 연후에 자식 있다는 지극히 단순한 논리를 거꾸로 바꾸어 놓을 때가 많다.

자녀는 부모의 뒷모습을 보고 자란다고 한다. 제 자식만 알고 부모 모르는 사람은 훗날 제 자식만 알고 부모를 모른다고 하는 자기 자식을 만나게 될 것이다. 제 자식 귀여운 줄은 알면서, 나의 부모님께서 그 이상 날 귀여워한 줄을 잊어버리고 살 때가 얼마나 많았던가!

"야야! 여기다. 여기 차대라."

어머님은 아마도 우리가 출발한다는 연락을 받자마자 주차시킬 장소를 확보하기 위해 골목을 지키셨을 것이다. 하마나 도착할까 하며 문밖을 나와 서성거리며 큰 길까지 이미 몇 번이나 나왔다 들어갔다 하셨음에 틀림없다.

“어머님! 어머님께서 지으신 밥 먹고 싶어 늦어도 그냥 왔습니다.”

라는 아내의 말에 아버님께서는

“야들아! 너들은 지금까지 밥도 안 먹고 어딜 그리 돌아 다니다 이제 와서 무슨 밥을 달라 카노?”

하고 짐짓 나무라시고, 어머님께서는 어릴 적부터 늘 그래 왔듯이 이미 사십을 넘은 자식을 또 싸고도신다.

“아이고, 가들이 길이 막혀 그런 걸 가지고 또 그라네!”

나무라시는 아버님이나 말리시는 어머님이나 그 표현은 달랐지만 그 속뜻은 조금도 다름이 없었으리라.

그래, 효도가 별 것인가? 건강하게 사는 것, 부부사이 좋게 지내는 것, 그리고 내가 딸아이 보고 싶을 때마다 부모님 또한 날 이렇게 보고 싶겠거니 하고 자주 얼굴 보여 드리러 가는 것, 가서 달빛 쏟아지는 큰방에 부모님과 함께 누워 이미 몇 번이나 들은 얘기지만, 달이 으스러지도록 이 얘기 저 얘기 나누는 것, 뭐 이런 게 아닐까?

Ⅲ. 행복, 삶의 길섶에 흩어진 작은 행복의 조각들

25. 지기(知己)

"난(蘭)도 활짝 피었고, 달도 밝으니 차나 한 잔 하러 오시지요?"

추석 연휴를 보내고 집으로 들어서자 최 선생으로부터 전화가 왔다. 휴가 가기 전부터 난 꽃이 피기 시작했는데, 고향 갔다 오면 난이 다 져버리지나 않을까 조바심을 치더니만 퍽 다행이란 목소리다.

그러고 보니 '난이 피었으니 와서 차 한 잔 하자'는 초대는 참으로 오랜만에 받아보는 것 같다. 창을 열어 달빛을 불러들이고 난향(蘭香)을 섞어 차를 마시는 풍경은 상상만으로도 잔잔한 즐거움이 인다.

우리는 이 세상을 지나가며 많은 사람들을 만나고 또 떠나보낸다. 좋은 사귐을 가지고 아름다운 인연을 짓기도 하고, 서로 다투고 미워하는 악연을 맺기도 한다. 그보다 훨씬 더 많은 사람들과 그렇게 좋아하지도, 미워하지도 않고 그저 그렇게 부대끼며 살아가기도 한다.

우리는 인생행로에서 이렇게 만나고 사귐을 갖는 사람들을 벗이나 동료, 혹은 친구라 부른다. 이 외에도 가지가지의 친구 관계를 나타내는 말들이 있지만, 나는 그중에 지기(知己)라는 말을 가장 좋아한다.

아름다운 사귐의 요체는 상대방에 대한 깊은 앎과 이해이다. 지기라는 말은 이러한 사귐의 핵심을 군더더기 없이 담고 있는 가장 적절한 표현이라고 생각하기 때문이다. 지기란 나를 나보다 더 잘 알아주는 친구를 뜻하니 얼마나 아름다운 말인가? 혼자 일 수밖에 없는 인생길에서 이런 친구를 가질 수 있다면 그는 여간 행복한 사람이 아닐 것이다. 2,500년의 세월이 흐른 오늘날까지도 역사상 최고의 우정으로 기림을 받고 있는 관중과 포숙의 사귐도 결국 상대방에 대한 깊은 이해와 수용이 그 본질일 것이다.

연전 경주에 살적이다. 아내는 고등학교를 갓 졸업한 '정'이라는 처녀와 판소리를 함께 배우며 친구가 되었다. 20여 년의 나이 차이에도 불구하고 밤이 새도록 고민을 나누며 함께 웃고 우는 것을 옆에서 지켜보면서 친구가 된다는 것은 반드시 나이, 성격, 환경 등이 유사하냐에 달린 것이 아니라, 오히려 서로를 얼마나 알고 알아주며, 이해하고 이해 받을 수 있느냐에 달렸음을 알 수 있었다.

최 선생은 우리 회사 바로 앞에 있는 은행에 근무하고 있는 분이다. 그는 지난해 정월 이곳으로 이사 오며 딸아이가 전학 온 학교에서 만난 딸아이의 친구 윤영이의 아빠이다. 먼저 아이들끼리 마음이 맞아 돌아다니더니만, 그들을 통하여 상대방 집 분위기를 알게 되었고, 그러다가 부모들끼리도 차를 나누는 사이로 발전한 것이다.

그 이후 이틀이 멀다하고 차와 대화를 나누곤 하였다. 최 선생과의 만남은 당시 사는 것이 조금은 심드렁해가기 시작하는 중년에 접어든 내게 살아가는 새로운 맛을 일깨우는 활력이 되었던 것 같다.

새벽에는 중국에 근무할 때 배운 기공체조를 배우고, 일주일에 한 번은 최 선생 댁으로 찾아가 서예를 배우기도 했으니, 지기 운운하는 것은 사실 외람된 표현이고 차라리 스승이라고 하는 게 더 합당할지도 모른다.

우리가 사는 아파트 뒤로 난 주전고개를 꼬부랑 넘으면 아름다운 동해바다를 만나게 된다. 최 선생은 '주전바다'란 시조 한 수를 얻기 위해 퇴근 후와 주말에 2주일 동안이나 넘나들기도 했고, 20년 이상 서예를 해 왔지만 여전히 초서를 무사독학(無師獨學)하고 있었다. 또한 직장에서는 자칫 메마르기 쉬운 은행 분위기를 바꾸기 위해 유명 시인의 시나 자작시에 사군자류의 그림을 손수 그려 은행 벽에다 붙이는 운치를 아는 분이었다.

휴일이면 집 뒤 산 속으로 난 오솔길을 함께 걸어 동해 바닷가에 있는 조그마한 암자를 찾기도 했다. 암자 한 켠에는 해수관음보살상이 동해바다를 굽어보고 서 있었고, 그 앞에는 널찍한 바위가 정자처럼 바다 쪽으로 튀어나와 있어 바다를 감상하며 차를 다려 마시기에는 그저 그만이었다. 가끔 스님이 계시면 함께 담소하고 소박한 절밥까지 얻어먹고 별빛을 맞으며 돌아오기도 했다.

울산은 공업단지이므로 다른 지역에서 옮겨온 사람들이 많다. 그러다 보니 많은 사람들이 이곳의 아름다움을 찾기보다는 환경과 공해 등 부정적인 면을 원망하며 살아가기가 일쑤였다. 그러나 최 선생은 주전 바닷가를 비롯한 울산의 아름다움을 찾아 누리고 소중히 여기는 멋을 아는 분이었다. 울산에 십 수 년을 살아온 나 자신보다 먼저 아름다운 곳을 찾아낸 최 선생의 안내로 놀러간 곳도 여러 곳이었다.

이런 1년 남짓의 만남은 최 선생의 중국지점으로의 전

근으로 의외로 일찍 마감하게 되었다. 평소 한문과 더불어 중국어에 관심이 많아 늘 공부하는 자세를 흩트리지 않더니만, 그 공부를 인연으로 중국에 지점을 처음 개설하는 요원으로 선발되어 가게된 것이다.

중국으로 가더라도 울산의 동해바다 빛깔을 못 잊어 귀국하면 반드시 다시 울산에 지원하여 다시 오리라고 다짐하며, 작설차(雀舌茶) 한 잔으로 섭섭함을 나누고 떠났다.

최 선생을 떠나보낸 후 나도 출장을 떠나게 되었다. 출장 가는 길에 읽어보라고 아내가 책 한 권을 건네주기에 무심코 가방에 집어넣고 길을 떠났다.

그 책은 청나라 시대의 아주 평범한 시골 선비인 심복(沈復)의 '부생육기(浮生六記)'란 책이었는데, '운'이라 이름의 아내와 평범한 삶 가운데서 자연을 즐기고 사랑하며 살아간 부부의 아름다운 사랑과 인생을 먼저 간 아내를 그리며 쓴 자전적 수필이었다. 큰 벼슬을 한 것도, 위대한 학문적 업적을 남긴 분도 아니었지만, 일상의 삶의 행로 가운데 흩어져 있는 작은 즐거움과 행복의 조각들을 귀중히 여기고 함께 즐기는 모습이 참 아름다웠다. 중국의 석학 임어당도 이 '운'이란 여인을 중국 역사상 가장 아름다운 여인으로 그의 명저 '생활의 발견'에서 쓰고 있다.

하여튼 이 책을 서울로 올라가는 버스 속에서 다 읽고 나서 최 선생께도 한 권 사서 보내야겠다는 생각에 내려오는 걸음에 서점에 들러 새 책으로 한 권을 사 들고 돌아왔다.

아내에게 새 책을 건네주며,

"최 선생께서도 좋아하실 것 같아 새 것으로 한 권 사 왔으니 내일 중국으로 좀 부치지."

라고 말했더니 아내는 한참을 혼자 웃더니,

"그 책이 바로 최 선생께서 당신 한 번 읽어보라고 두고 간 책 이예요."

하는 것이었다.

"……"

창을 열어 달빛을 불러들이고 난향(蘭香)을 섞어 차를 마시는 풍경은 상상만으로도 잔잔한 즐거움이 인다.

---

26. 행복의 승수효과

"아빠! 영지 언니가 800달러나 하는 옷을 사주었는데, 어떻게 해요?"

딸아이의 당황해 하는 음성을 전화선을 통하여 들으며, '돈이란 것이 참 아름다운 것일 수도 있구나' 하는 생각이 들었다.

우리가족이 도형, 영지네 부부를 만난 것은 불가리아현지법인에 파견 근무 할 때였다. 남편인 도형씨는 고등학교 3학년 때 이민 가는 아버지를 따라 미국으로 갔다. 비교적 늦은 나이에 미국으로 가서 어학 등 여러 가지 어려움을 이겨내고 대학을 졸업한 후 MBA까지 마쳤다.

막노동으로 생계를 꾸리던 아버지께 학비를 의존할 형편이 못 되었던 그는 대여 장학금으로 MBA(경영대학원)를 졸업했다. 이제 졸업했으니 좋은 직장에 들어가 결혼도 하고, 대여금도 갚아나가는 것이 당연했을 텐데, 어려운 이웃도 돕고 선교도 하고 싶다는 소망이 그를 동유럽의 가난한 나라 불가리아로 오게 했다. 대여금은 졸업 후 3년째부터 갚아도 된다는 것을 알고 돈 버는 일은 뒤로 미루고 'MBA봉사단'에 지원하여 불가리아로 온 것이다.

'MBA봉사단'은 미국 대학의 MBA출신 중 지원자를 선발하여 후진국 기업의 경영활동을 돕는 제도로, 예전의 '평화봉사단' 활동과 유사한 제도이다. 이 제도에 의하면 미국정부가 월 1,000달러를 제공하고, 후진국의 피 지원 기업은 숙식을 제공하면 된다. 후진국의 기업으로서는 MBA출신의 수준 높은 인재를 아주 저렴한 비용으로 채용할 수 있는 기회였지만, MBA출신으로서는 미국에서 취업을 할 경우와는 비교할 수 없을 정도로 적은 수입이었으므로 여간한 봉사정신이 없으면 선뜻 지원하기 힘든 일이었다.

하여튼 이런 인연으로 내가 근무하던 현지법인에 배치되어 열심히 일하며, 가난하고 어려운 불가리아인들과 집시들에게 무료로 영어도 가르치고 돕는 등 봉사활동을 성실하게 마치고 미국으로 돌아가게 되었다. 잠시 인생길에서 스치고는 다시 만날 가능성이 별로 없는 헤어짐이었다.

그들이 미국으로 돌아가는 날 아내는 소피아에는 하나밖

에 없는 백화점에 가서 200달러 정도하는 핸드백을 하나 사서 공항을 막 떠나는 그의 아내에게 전달하였다. 아내의 말에 의하면 그 전날 백화점에 들렀을 때 그의 아내가 그 핸드백을 몇 번이나 만지작거리며 갖고 싶어 했으나, 워낙 수입이 적고, 그 마저도 이웃 돕는 일에 쓰고 보니 그것을 살 여유가 없는 듯하였다. 이를 옆에서 본 아내가 안타깝기도 하고, 평소 젊은 부부가 살아가는 것이 예쁘기도 하여 이별의 정표로 주고 싶었다는 것이다.

그들이 미국으로 돌아갈 즈음 딸아이에게

"미국 대학으로 진학하게 되면 우리가 살 도시로 오너라."

"어디 가서 사실 건데요?"

"아직 몰라. 미국 가서 직장을 잡아봐야지. 하여튼 어디일지는 몰라도 내가 사는 도시에 있는 대학으로 와."

하고는 미국으로 돌아갔다.

미국으로 떠난 지 얼마 후 미국 어디선가 직장을 얻었다는 메일을 받았으나, 나 자신 또한 본사 귀임 후 바쁜 나날을 보내고 있던 중이라 대강 읽어보고 그냥 보관해 두었다.

그로부터 또 한 반년이 지나 불가리아에서 마지막 학년을 보내던 딸아이로부터 메일을 받았다. 10군데 정도의 미국대학에 입학원서를 냈는데, 한 대학으로부터 학비전액을 지원해 주는 좋은 조건의 입학허가를 받았다는 기쁜 내용이었다. 메일의 말미에 있는 그 대학의 주소를 보니 노스캐롤라이나 샬롯이라는 도시였다. 생소한 지명이었지만, 어디선가 본 듯하여 도형 씨로부터 온 메일을 다시 꺼내어 확인해 보니 이 도시가 이들 부부가 정착한 바로 그 도시가 아닌가!

이 부부에게 딸아이의 소식을 전하였더니, 매우 반가워하며,

"미국의 주요 도시가 한 5,000개쯤 된다고 하니 제가 이 도시를 선택할 확률이 1/5,000 정도가 되고, 미국 내 대학의 수가 대략 3,500개는 된다고 하니, 오진이가 이 대학을 선택할 확률이 1/3,500이니 이건 우연이 아닌 것 같습니다."

라고 얘기하는 것이었다.

그해 여름 우리는 아이의 입학을 계기로 부모님을 모시고 미국을 방문하였다. 이 부부에게 여러 차례 사양하며, 근처에 호텔 예약을 부탁하였지만, 구태여 자기 집 2층에 머물도록 하였다.

정성을 다하여 노인들의 입맛에 맞는 음식을 준비하고, 애팔레치아산맥을 비롯한 미국 동남부의 아름다운 자연을 즐길 수 있도록 성심껏 안내해 주었다. 무엇보다도 무남독녀를 이역만리 타국에 두고 와야 했지만, 믿을 만한 분들이 곁에 있다는 사실만으로도 우리 부부는 마음에 위안이 되었다.

일정을 다 마치고 집을 떠나며 고마움에 도저히 그냥 올 수 없어 500달러를 봉투에 넣어 사진 액자 뒤에 꽂아두고 나왔다. 공항으로 가는 길에 이 사실을 알려주며 그간의 도움과 베풂에 대한 작은 정성으로 받아줄 것을 부탁하였다. 그랬더니만, 너무나 섭섭한 표정을 지으며,

"이번에는 어찌하든지 지금껏 받은 은혜를 조금이나마 갚고 싶었는데……."

하며 원망 아닌 원망을 하는 것이었다.

하여튼 우리는 든든한 마음으로 딸아이를 기꺼이 그곳에 남겨두고 한국으로 돌아왔다. 그런데 일주일이 채 되지 않은 오늘 딸아이로부터 다시 전화를 받은 것이다. 그 부인이 딸아이를 데리고 백화점에 가서 학교에 다니면 옷이 많이 필요할 것이라며 우리가 남겨둔 돈에 얼마를 더하여 800달러가 넘는 옷을 사 주었다는 것이다.

어릴 적에는 청빈을 오히려 약간의 자랑으로 여기며, 돈을 다소 천한 것으로 여기는 유교적인 분위기에서 자랐고, 철이 들어서는 세상 물질을 약간은 죄악시 하는 경향이 있는(혹은 그렇게 생각한) 기독교 신앙의 영향인지는 몰라도 돈은 그리 선한 것이 아니라는 고정관념을 가지고 있었다. 그러나 이번 일들을 만나며, 돈을 혼자만 움켜쥐고 있지 않고, 사람사이를 오가며 나눌 때는 그 돈이 발생시키는 즐거움과 행복은 경제학의 투자승수효과처럼 무한히 확장되는구나 하는 것을 실감하게 되었다. 돈은 결코 더럽거나 악한 것이 아니라, 참 아름다울 수 있는 것이라는 것을 이제야 깨닫게 된다.

"그래, 어쩌겠니? 감사하다고 인사드리고 고맙게 받아라. 그리고 도와 드릴 일이 있는지 살펴보고 도와 드리고, 그래도 부족하면 잘 기억했다가 또 다른 누군가에게 네가 받은 감사를 나누어 주면 되지 않을까?"

딸아이에게 이렇게 말해 주고 전화를 끊으며, 우리가 사는 세상이 파스텔화처럼 아름다운 곳이라는 생각에 참 행복하였다.

우리가 사는 세상이 파스텔화처럼 아름다운 곳이라는 생각에 참 행복하였다.

---

27. 경주에 와 사노?

“경주? 경주에 와 사노?”

지난 2월 경주로 이사 온 이후 수없이 들어 온 질문이다. 처음 경주에 산다고 하면, 아내가 대구에서 학교에 나간 것을 아는 이들은,

“아! 중간에서 자리 잡고 한사람은 울산으로, 또 한사람은 대구로 통근하기로 했구나.”

하고 고개를 끄덕인다. 그러다가 아내는 벌써 학교를 그만뒀다고 얘기해 주면

“아니, 그런데 왜 경주에 살지? 직장은 울산에 두고......”

하고는 너무나 이상하다는 표정을 짓는 것이다.

사실 울산에 직장을 얻은 지 십 수 년이 지났지만, 한 번도 가족들과 함께 울산에서 살아보지 못했다. 몇 년간의 해외 생활, 아내의 직장생활 등으로 차일피일 하다 보니 그리되고 말았다. 지난해엔 이젠 어떻게 하든 가족들이 모여 살자고 마음을 모았다. 그러면 나의 직장이 있는 울산

으로 솔가해 오는 것이 당연했으나, 십 수 년을 살아왔어도 선뜻 정들지 않는 울산의 공장 분위기와 심한 공해가 울산으로의 이주를 망설이게 했다. 그러던 중 주말마다 대구를 왕래하며 만나는 경주의 자연과 고적, 그리고 그 분위기에 매료당하고 말았다.

봄이면 반월성, 임해전, 안압지, 첨성대주변에서 펼쳐지는 개나리의 향연, 가을이면 불국사 가는 길에 쏟아지는 노란 은행잎의 소나기, 시내에서 몇 발작만 나가도 만날 수 있는 논, 들판, 개구리 소리의 넉넉한 여유, 이 모든 것들이 나를 사로잡았다. 그러던 차에 황성동에 짓는 아파트의 모델하우스에 들렀다가 그 근처에 있는 황성공원의 매력에 반하여 경주로의 이주를 결단하고 말았다.

황성공원은 여느 공원과는 달리 인공적으로 손질하여 가꾼 잔디밭도 없고, 콘크리트 포장이나, 보도 블록을 깔지 않은 흙길이 그대로 남아 있어 좋았다. 그날은 마침 비가 갠 오후였는데, 비에 젖은 마사 질의 솔숲 오솔길을 아내와 함께 걷는 것은 참 상쾌한 일이었다. 공원 전역에는 몇 백 년은 넘음직한 소나무가 숲을 이루고 있었고, 그 숲 속엔 안압지에서 옮겨온 호림정(虎林亭)이란 정자가 들어선, 우리나라에서 가장 아름답다는 활터가 있었는데, 거기에서는 몇몇 한량들이 비 개인 허공을 향해 청량한 소리를 내며 시위를 당기고 있었다. 우리는 그날로 분양 계약을 하고, 지난 2월, 일단 동천동으로 이사를 왔다.

사실 사람들이 의아해하며 물을 때마다 경주가 좋아서 왔노라고 대답은 해 왔지만, 고개를 갸우뚱하며 걱정해 준 이들의 걱정은 현실로 나타났다.

'경주에 와 사노?' 내가 생각해봐도 확실히 상식에 벗어난 행각이다. 지금은 중고 자동차를 사서 단숨에 오갈 수 있지만, 처음엔 집 앞 동천을 건너 보리밭 사이 길을 지나, 경주역 구름다리를 건넌 후 15분쯤을 걸어야 울산행 직행 버스를 탈 수가 있었고, 버스로 50분 쯤 달려 효문 로터리에 내리면, 방어진 행 시내버스를 다시 갈아타고 다시 30분 정도를 가야 하는 출퇴근길은 바로 고행길이었다. 또 월말이 되어 회사일이 바쁜 날은 집으로 퇴근하는 것조차 힘들었으니, 가족들과 함께 살기 위하여 경주로 이사 왔다는 의미조차 회의스러워지기도 했다.

그렇지만 울산에서 경주 지경에 들어설 때마다 만나는 향기롭기까지 한 해맑은 공기와 집 앞 동천을 건널 때마다 어김없이 들려오는 종달새의 명랑한 노래는 그 고생들을 상쇄하고도 남음이 있었다. 또 개울을 건너면 조그마한 보리밭 사이 길을 걷게 되는데, 식전 산들바람에 보리들이 서로의 몸을 부비며 내는 미세한 음성들과 잔잔한 보리밭 물결, 그리고 '밀 익는 오월이면 보리 내음새'의 노랫말을 실감하게 하는 보리 익는 냄새를 맡으며 출근하는 길은 옛 고향 길 같은 푸근함을 안겨 주었다.

주말이면 포석정이나 삼릉 쪽으로 올라 남산을 넘어 통일전 쪽으로 내려오곤 했다. 아직도 제대로 다 돌아보진 못했지만, 남산은 야외 박물관이란 말에 걸맞게 신라시대의 석불 등 불교 유적이 골골이 천 년이 넘는 세월을 지켜오고 있었다. 더욱이나 다른 대도시 근교의 산과는 달리 사람들로 북새통을 이루지 않고 한적한 것이 마음에 들었다. 새소리를 공으로 들으며 소슬한 오솔길을 아내, 딸아이와 함께 걷는 맛이란……. 산을 넘어서는 모처럼 길섶에 앉아 불국사 온천행 버스를 기다리는 맛도 오래간만에 되찾은 여유이다. 무엇을 구하기 위해서였는지는 몰라도 그렇게 바쁘게 살다 보니 한 시간에 한 번씩 오는 버스를 느긋하게 기다리는 맛을 잊고 지낸지 오래였기 때문이다.

남산 아래 펼쳐진 너른 황금 들녘, 따사로운 햇살, 투명한 먼 산이 상쾌하다. 서너 시간의 산행 후 불국사 온천에 몸을 담그고 오늘 본 것을 저녁에 시로 써서 발표하라는 딸아이의 숙제를 하느라 행복한 고민에 빠지기도 했다. 돌아오는 길은 좀 멀긴 하지만 구태여 불국사 앞을 지나 민속공예촌, 보문으로 넘어오는 길을 택하여 돌아오며 다른 도시에서는 좀처럼 볼 수 없는 수많은 별들을 헤아려보기도 하고, 봄이면 보문에서 시내에 이르는 길가의 수은등 불빛에 흰 빛을 발하는 벚꽃을 완성하는 것은 가히 꿈길에 비견될 만하였다. 여유 있는 주말 저녁이면 토함산 중턱에서 길어온 오동수로 달인 작설차를 온 가족이 함께 나누는 정취 또한 별미였다.

이사 후 기독교도인 아내는 염치(?)도 없이 불교 문화원의 교양 강좌를 몽땅 신청해서 직장생활 시 못 가졌던 배움의 갈증을 유감없이 풀었다. 서예, 한문, 단소, 다도, 사군자, 경주문화탐방 등에 열심히 쫓아다녔다. 이렇듯 배우러 다니다 보니 멋있는 경주 사람들을 자연히 많이 사귀게 되고, 나는 아내로부터 이들을 다시 소개받기도 했다.

K양, 올해 여고를 졸업하고 판소리 명창을 스승으로 모시고 소리 공부에 몰두하고 있는 긴 머리 소녀, 불혹을 바라보는 아내와 스스럼없이 친구가 되어 밤새워 고민을 나누는 모습을 보며 나이 차이가 친구가 되는데 별 장애가

되지 않음을 알 수 있었다. 한 번은 집에서 놀다 보니 시간이 늦어 율동에 있는 집까지 바래다준 적이 있었다. 그날 밤 마을 어귀 연못가에 차를 세우고 흐르는 달빛 아래서 들은 심청가의 한 대목은 오래도록 잊지 못할 것이다. 달빛 아래 무릎장단에 맞추어 소리하는 긴 머리 처녀, 관객은 나와 아내 그리고 딸아이 하여 모두 셋, 멋진 밤이었다.

L선생, 아내의 남자 친구(?). 국악을 사랑하여 만사를 버리고 대금 제작과 가르치는 일에 몰두하고 있는 스물여섯의 청년. 집에 온 그를 강권하여 들은 야심한 밤의 대금의 흐느낌 또한 일품이었다. 그 외에도 회재 이언적선생의 후예인 명가의 규수 H양. 딸아이의 친구 보경이, 보름날 태어나서 이름이 보름이가 된 그의 동생, 그들의 엄마, 아빠 박 선생, 다도에 심취한 동국대 복학생 M군, 이 모든 이들이 또한 우리 가족이 왜 경주에 사느냐에 대한 답의 중요한 일부임을 느낀다.

경주에 왜 사느냐고 묻는 이들에게 그냥 '경주가 너무 좋아서'라고 대답하면 쉽게 수긍을 못하기에 그 다음부터는 그냥 웃고 말거나, 아니면 딸아이 교육 때문이라고 대답해주곤 하였다. 그랬더니 더욱 놀란 표정을 지으며,

"모두들 아이 교육 때문에 대도시로 억지로라도 나가는

데, 경주가 그렇게 초등학교 수준이 높은가?"
하며 고개를 갸우뚱거리는 것이었다.
"초등학교 수준이 높다는 게 무엇이지?"
"거 왜 도 학력고사 성적이 높으냐 말이지."

이 대목에 이르면 또 할 말을 잊을 수밖에 없다. 이제 갓 학교에 입학하여 배우는 기쁨을 익혀야만 할 초등학교 저학년 아이들에게 사지선다형 시험을 부과하고, 그 결과를 비교하여 수준이 높네, 낮네 하는 어른들의 규격화라니.......

"몰라, 그런 건 모르겠는데, 경주에 오니 개구리, 올챙이도 잡을 수 있고, 조상들이 끼쳐 놓은 고적들도 많아 여기서 딸아이가 어린시절을 보내는 게 훨씬 좋을 것 같아서."
"......"
하여튼 딸아이는 오늘도 자연 속에서 건강하게 잘도 논다.

"경주에 와 사노?"
아무래도 내 대답은,
"경주가 좋아서."
라고 대답할 밖에 없다.

봄이면 반월성, 임해전, 안압지, 첨성대주변에서 펼쳐지는 개나리의 향연, 가을이면 불국사 가는 길에 쏟아지는 노란 은행잎의 소나기

28. 경주를 떠나며

불가(佛家)에서 말하는 전생이 실재한다면, 나는 분명 신라시대의 어느 때 즈음 이곳에 살았으리라는 생각이 경주 초입에 들어설 때마다 들곤 했다. 입실을 지나 괘릉을 오른편으로, 아사달 아사녀의 전설이 서린 영지(影池)를 왼편으로 두고 사자상 지계표(地界標)를 지나 불국사 입구에 이르면, 산세의 모습은 물론, 흐르는 공기의 맛조차 달게 느껴지는 것을 알 수 있게 된다.

지난 봄 안압지에서 열린 다회(茶會) 때 임해전에 앉아 차를 마시며 완상하던 경주 풍경이 생각난다. 사방 어디를 둘러보아도 여느 도시처럼 가슴을 답답하게 누르는 회색빛 콘크리트 구조물들은 눈에 띄지 않고, 가까이는 반월성의 대 숲과 안압지 주변의 솔숲이 탐스럽고, 경주 분지를 에워싼 남산을 비롯한 멀고 가까운 산들이 거침없이 시야에 들어온다.

지난 2년간 백 리가 넘는 울산 방어진까지의 통근 길이 힘들기는 했어도 이러한 가지가지의 자연의 아름다움에 떠나고자하는 마음을 빼앗기곤 했었다.

지난해에 주위 사람들에게 구태여 경주에 사는 이유를 밝힌 '경주에 와 사노?'를 쓴 지 1년 만에 부득이 경주를 떠나기로 했다. 아름다운 곳, 살고 싶은 곳에 산다는 이상론이 가족들의 이산, 교통사고의 위험 등의 현실론에 결국 굴복하고 만 것이다. 아름다운 경주를 떠나야 한다는 아쉬움도 컸지만, 젊었을 적에는 다소 무모하여도 하고 싶은 대로 살아가다가 나이를 먹어가며 결국은 현실적이 되어간다는 사실이 마음을 더욱 서글프게 했다.

경주에서의 2년 남짓한 삶은 우리 가족에게 참 귀중한 시간이었다. 아내는 아내대로 신라문화와 우리 것에 대한 이해를 깊이 하는 계기가 되었고, '경주에 와 사노?'에 등장했던 많은 분들과 같이 멋을 아는 이들을 만나 '살아가는' 맛을 느낄 수 있었다. 딸아이는 주말 박물관학교와 두두리 극단에서 배운 단소, 장고, 사랑가 등을 통하여 우리 민족 정서의 일단이나마 알게 되어 좋았다. 나 자신 또한 회사 주변에서만 맴돌았더라면 그냥 지나칠 수밖에 없었던 자연과 우리문화를 접할 수 있었던 것은 고마운 일이었다.

우리는 사실 얼마나 현실에 안주하고, 고정관념의 틀에 매이기 쉬운가? 그런 의미에서 회사가 위치한 도시에 반드시 살아야 한다는 상식의 틀을 거부하며 경주에서 산 지난 2년은 나 자신에게 있어서도 나름대로의 의미가 있었다.

경주를 떠나 오래되어도 쉽게 잊지 못한 기억들 중의 하나는 아마 지난 정월 대보름의 모임일 것이다. 대금 선생님, 그의 여 제자와 그녀의 장래 남편, 장가갈 생각도 잊고 시만 생각하고 있는 총각 시인, 아내의 일본어 선생님, 경주박물관 직원으로 곧 부부가 될 신라의 선남선녀를 닮은 젊은 연인들, 다도를 배우며 음악에 심취한 늙은 복학생, 그리고 나의 회사 동료 몇몇이 모여 선인들의 인사법 좇아 큰절로 인사를 나누고, 대보름을 맞아 집에서 곤 엿도 맛보고 서로 대화하며 윷도 신명나게 놀았다.

삼경이 거의 다 된 시각에 달맞이하러 첨성대, 계림을 지나 반월성에 올랐다. 삭풍은 나무 끝을 울려 신라인의 소리가 천년의 세월을 넘어 들리는 듯 했고, 정월 대보름 달은 달무리에 휩싸인 채 중천을 가로지르고 있었다. 석빙고에 기대어 이 선생이 대금 한 곡조를 바람 소리에 섞어 부니 참으로 별유천지비인간(別有天地非人間)의 경지와 다름이 아니었다.

하여튼 이제는 즐거웠던 경주의 생활을 마무리하고 떠나야할 때이다. 이사를 작정하고 나서도 경주 지경에 들어설 때마다 '정녕 이 아름다운 곳을 떠나야 하는가?'라고 자문하며 마음이 스산해짐은 어쩔 수 없었다. 아울러 떠나는 것에 대한 여러 가지 상념에 젖기도 했다.

세상에는 많은 종류의 떠남이 있다. 그 흔한 남녀의 떠남, 친구의 떠남, 평생 몸 담아 온 회사를 떠남, 부모님을 떠나보냄, 아내와 남편을 떠나보냄, 심지어는 자식을 앞세워 떠나보내는 가슴 무너지는 떠남도 있다. 그리고 결국에는 나 자신마저도 떠나야 한다. 자신이 좋아하는 도시를 떠남도 이렇듯 가슴이 아리거늘 이렇게 정 붙이고 살던 이 세상과 아내, 아이들, 그리고 어쭙잖은 한 줌의 재물, 알아주는 이 없는 제 잘난 명예, 이 모든 걸 뒤로 두고 이 세상을 영영 떠나야만 할 때를 생각해 보며, 우리는 누군가의 말처럼 떠나기를 연습하며 살아 가야하는지도 모른다.

훗날 인생을 조용히 정리하며 살 기회가 주어진다면, 그때 나는 서슴없이 경주를 택할 것이다.

지난 주말 빗방울이 종잡을 수 없이 흩뿌리는 남목 고개를 넘어 울산에 직장을 얻은 지 12년 만에 이사를 왔다. 수십만 평 넓이의 앞뜰 황성공원이 딸린 경주 집을 떠나 꼬부랑 주전 고개를 훠이훠이 넘어 수백만 평 넓이의 뒤뜰과 엄청나게 넓은 후원 연못, 동해바다가 딸린 울산 남목의 새 집으로.

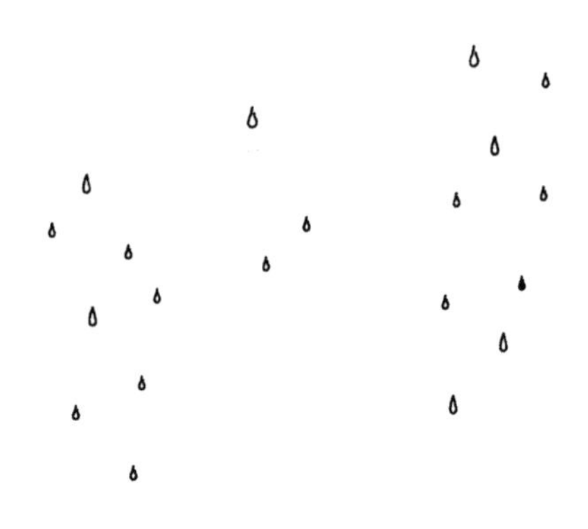

반월성의 대 숲과 안압지 주변의 솔숲이 탐스럽고, 경주 분지를 에워싼 남산을 비롯한 멀고 가까운 산들이 거침없이 시야에 들어온다.

29. TV와 뻰찌

“아이고! 제발 궁상 너무 떨지 말고 TV 하나 사소. 있는 사람이 더 하다는 얘기가 있더니만, 이 집주인을 두고 하는 소릴세. 요새 전자제품 값 많이 떨어졌습니다. 그리고 저 뻰찌는 도대체 뭐 하는데 쓰는 겁니까?”

우리 집에 오는 손님들마다 거실장 위에 놓인 TV와 TV 위에 놓인 뻰찌를 보며, 한 마디씩 던지는 말이다.

그러고 보니 저 TV를 산 지도 벌써 15년이 넘어가는 모양이다. 아울러 우리가 결혼한 지도 그만큼 되고…….

남들은 취직하면 하는 결혼을 나는 잘 다니던 직장을 그만 둔지 한 달 만에 무직자가 되어 결혼식을 올렸다.

지금까지 키워주시고 가르쳐 주신 것만으로도 너무나 큰 은혜를 입었는데, 자식 둔 게 무슨 죄라고 또 부담을 지우느냐는 기특(?)한 생각에 양가 부모님의 지원을 전혀 받지 않고 결혼식을 올리기로 했다.

회사를 그만두고 나올 때 받은 저축 해약금과 만기에 이르지 못한 아내의 곗돈을 찾아 결혼식을 올리고 셋방도 얻었다. 신혼여행은 청바지로 갈아입고 처음 만난 대둔산을 오르는 등산으로 대체하고, 남은 돈으로 숟가락, 젓가락 사고 나니 가전제품이라고는 부조로 들어온 선풍기 한 대가 전부였다.

그렇게 하여 퍽 씩씩하게(?) 신혼생활은 시작했지만, 그게 그리 쉬운 일은 아니었다. 냉장고 없이 지내는 여름은 한 나절이 못되어 음식물은 상하고 김치는 하루를 넘기지 못하고 쉬어 버렸다. 학교에 나가며 가사를 꾸려야했던 아내에게는 힘든 날들이었다.

사람들은 스스로 살림을 하나하나 장만해 나가는 것이 신혼의 즐거움이 아니냐고 쉽게 이야기 하지만, 아무 것도 없이 시작하여 거의 모든 살림살이를 월부로 장만해 가는 일은 예삿일이 아니었다.

지금도 우리의 결혼방식을 그리 후회하지는 않지만, 자식들의 새로운 시작을 위해 부모님들이 힘닿는 데까지 살림을 마련해 주고자하는 노력을 이해하게도 되었다. 아울러 자식을 위한 무게와 부담이 부모님께는 오히려 기쁨이 될 수도 있다는 사실을 깨달을 만한 나이에 이르고 보니 부모님께서 가질 수 있는 즐거움을 젊은 객기로 혹 빼앗아 버린 것이 아닌가 하여 죄송스런 생각이 들 때도 있다.

하여튼 지금 우리가 보고 있는 저 TV는 신혼 초에 허리가 휘도록 월부를 치르며 구입한 바로 그 TV이다. 지금은 화면이 너무 작아 거실 끝에 앉아서는 잘 보이지도 않는 궁상맞은 TV이지만, 그 당시로서는 최신의 14인치 컬러 TV이었다.

흑백 TV로만 보던 것을 컬러로 보니 아주 휘황찬란하기 그지없었다. TV를 들여 놓은 첫날 저녁 TV를 물끄러미 바라보던 아내는
"아버님, 어머님께서는 구닥다리 흑백 TV를 보고 계시는 데, 우리만 컬러 TV를 볼 수 있어요? 더욱이나 아버님께는 TV보시는 것이 유일한 낙이신데……."
아내의 그 말 한 마디에 다음 날로 그 컬러 TV는 아버님 댁으로 실려 가고, 대신 부모님께서 보시던 빨간 플라스틱케이스 된 낡은 흑백 내셔널TV가 우리 집으로 오게 되었다.

세월이 지나 지금 다니고 있는 회사에 입사를 하고 사

우디아라비아에 근무할 때 해외근로자에게 제공되던 면세 쿠폰으로 이번에는 22인치 크기에 리모컨까지 갖춘 TV를 사게 되었다.

이번 TV는 우리 집에 들어와 보지도 못하고 부모님 댁으로 들어가고, 우리에게는 다시 부모님께서 쓰시던, 곧 우리가 신혼 초에 월부로 산 바로 지금의 TV가 다시 우리 집으로 들어왔다. 이번의 명분은 어머님의 노고를 덜어 드려야한다는 것이었다.

아버님께서는 퇴근 후 집에 들어오시면 왕처럼 편안한 자세로 의자에 기대어 TV를 보시며, 한 프로그램이 끝날 때마다 광고가 나오면,

"MBC 틀어 보게, KBS 틀어 보게, 아니 거기 말고 다른 데 틀어보게!"

하시면, 어머님께서는 그때마다 얼른 달려가셔서 채널을 돌려 드리는 것이었다. 어머님께서는 '인간 리모컨'의 역할을 아무 불평 없이, 오히려 즐거움으로 수행해 오셨다.

"아버님, 이것은 아버님을 위한 것이 아니라 아버님께서 하인처럼 부리는 어머님을 위한 것입니다."

라고 말씀드리며 갖다드렸다. 아버님께서는 그 이후 '인간 리모컨' 대신 진짜 리모컨의 유익을 유감없이 누리시

며, 서울올림픽에서 애틀랜타 올림픽까지, 그리고 KBS에서 SBS, CABLE TV까지 자유자재로 넘나들고 계신다.

아버님께서는 아버님대로 우리의 정성을 생각하셨음인지 거의 새 것 사는 값에 가까운 비용을 치르고도 구태여 고장 난 브라운관을 고쳐서까지 우리가 드린 저 TV를 아껴 쓰셨다. 그래서 우리 집에 돌아왔을 땐 여전히 새 것처럼 선명한 화면을 즐길 수 있었다.

그렇지만 우리 집에 다시 돌아온 지도 8년, 저 TV도 이제는 많이도 늙었다. 하루는 채널 손잡이마저 떨어져나가 버렸다. 딸아이가 만화영화를 봐야하는데 채널을 돌리지 못해 발을 동동 구르더니만, 뻰찌를 찾아와 기어이 돌려서 그 프로그램을 시청한 이후부터 뻰찌는 TV시청의 필수품이 되었다. 지금은 아예 뻰찌를 TV위에 놓아두고 필요할 때마다 채널을 돌리는 것이다.

사실 우리 집에는 TV만 고물인 것은 아니다. 우리 집 가구의 1/3은 아마도 주워온 것일 것이다. 책장, 차 탁자, 풍금, 등나무의자 등 셀 수 없이 많아 이제는 아무리 좋은 것이라도 골라가면서 주워 오며, 한 가지를 주워 올 때는 지금 가지고 있는 것을 버리고 가져오자고 가족회의에서 결정할 정도였으니 말이다. 특히 지난번 쓰레기 종량제가 시작될 때는 사람들이 쓸 만한 것을 얼마나 많이도 버리는지 우리로서는 크게 횡재하기도 하였다.

세월이 흐르고 세태도 참 많이도 바뀌었다. 예전에는 혼수가 지나치게 많으면 혼인하는 사람에게 무슨 흠이 있거나, 지체가 상대방에 비하여 현저히 낮아 팔려 가는 혼인으로 치부하였다. 지체 있는 사대부라면 아주 소박하고 정성을 표시하는 정도로 혼수를 준비하였다 한다. 그런데 요즘은 더 많은 혼수를 노골적으로 요구하고, 결혼 후에도 그것이 적다는 이유로 갈등하고, 결국은 이혼이나 자살에 이르는 일까지 비일비재하니, 물질이란 게 우리에게 무엇인가 다시 한 번 생각하게 한다. 아울러 부모 자식 간의 정도 예전 같지 않은 안타까운 모습을 만날 때마다 나는 저 고물 TV를 바라본다.

이제 화면이 구겨지고 중간에 굵은 선이 그어져 이영애나 황신혜가 아무리 예쁘다 해도 우리 집 TV안에 서면 영락없이 일그러진 마귀할멈의 얼굴이 되어버리고 만다. 그렇지만 우리 가족은 이 TV를 앞으로도 오래도록 간직할 것이다. 딸아이가 원하기만 한다면 이 TV를 딸아이의 혼수품으로 줄 생각이다. 그러면 딸아이는 우리가 '이 세상 소풍' 끝내고 하늘로 돌아간 먼 훗날에도 할아버지와 할머니 그리고 우리를 이 TV를 볼 때마다 그려볼 수 있으리라. 그리고 이 TV에 담긴 속 이야기까지 그의 딸에게 또 들려주고 있을 것이다.

30. 아름다운 계약

1.

"이사 나가는 분께 1,000만원을 내 드리고, 나머지 300만원을 제 구좌로 보내 주시면 됩니다."

경주로 이사를 오며 분양받은 아파트가 완공되어 입주하기까지 1년을 임시로 살 15평짜리 아파트를 얻었다. 전세계약을 위하여 구미에 사는 집 주인과 통화하였더니, 집주인이 하는 말이었다.
"아니, 그럼 계약서도 없이 그렇게 해도 됩니까?"
"꼭 필요하시다면, 그렇게 해 드리겠습니다만, 그렇지만, 현재 입주자와도 그렇게 하였습니다."

아버지께 이런 얘기를 했더니, 나를 세상물정 모르는 녀석이라고 나무라시며, 계약서를 써도 전세금을 되돌려 받지 못하여 어려움을 겪는 사람들이 많은 세상인데, 도대체 정신이 있느냐고 호통을 치셨다. 그렇지만, 이런 살벌한 세상에서도 말만으로 서로 믿고 계약을 체결하고, 송금하는 목가적인 방법에 은근히 마음이 끌렸다.

나는 혹 돈을 떼이는 일이 일어날지 모른다 해도 한 번쯤은 이 험한 세상에서도 낭만이 여전히 있다는 것을 믿고 싶어 주인의 제의대로 했다. 곧 지금의 입주자에게 1,000만원을 내 주고, 주인에게 300만원을 얼굴도 모르고, 계약서도 작성하지 않은 채 그의 은행 계좌로 송금하였다.

1년 후, 새 아파트로 입주하게 될 무렵, 집 주인에게 통지를 했더니 돌아온 대답은,

"예, 1,500만원에 세를 놓으시고, 그중 1,300만원은 권선생께서 받아 가시고, 추가금액 200만원은 제 계좌로 넣어 달라고 하십시오."

우리 뒤를 이어 새로 전세 입주 할 분이 이렇게 해도 괜찮은 지를 걱정하였지만, 나도, 그리고 내 앞에 살던 사람도 계약서 한 장 없이 살았지만, 아무 문제없었음을 이야기해 주었다. 물론 선택은 그의 몫이었지만, 그도 잠시 생각 후 이 목가적인 거래 방법을 수용하였다.

참으로 세상은 점점 더 험해지고 불신으로 가득차 가는 시대이지만, 이런 낭만적 풍경이 아직도 살아있다는 것이

신기하였다. 서로 믿으며 살아갈 수 있는 세상이 된다면, 세상은 훨씬 더 밝고 아름다운 세상이 될 것이 틀림없다.

2.

"젊은이! 기회가 왔을 때 집을 사 두어야 하네! 이런 기회를 놓치면, 언제 집을 장만할지 모르네! 내가 전세금을 2,000만 원 올려줄 테니 이 집을 사게!"

2년 전 어느 건설회사의 미분양 아파트를 2년 동안 4,300만 원에 전세로 살다가 분양을 받을 수 있는 조건으로 입주하였다. 입주 후 6개월 만에 회사 앞 사택을 배정받아 들어가는 바람에 하는 수 없이 전세를 다시 전세 놓는, 소위 전대를 하게 되었다. 그 당시 전세 시세가 5,000만 원이 되어 그 가격에 지금의 입주자인 L선생께 전세를 놓았었다.

그때 내가 건설회사에 납부한 전세 보증금보다 전대 입주자로부터 받는 전세 금액이 더 커서 입주자의 권리가 충분히 보장되지 않은 상태였다. 이러한 경우에는 공증사무소의 공증을 받아 두는 방법이 있었고, 대부분의 전대는 이런 보증방법을 사용하고 있었다. 그때도 입주자 L선생께

서는 내 얼굴을 한 참이나 바라보시더니,

"권선생! 내가 과거에 전세금을 떼어 먹힌 적도 있지만, 당신은 절대 내 돈 떼어먹을 사람이 아닙니다. 괜히 수수료 60만 원 써 가며 공증 받는 번거로운 일은 하지 맙시다. 세상이 아무리 믿지 못할 세상이라 하지만, 서로 믿고 사는 것이 더 좋지 않겠어요?"

하며 공증 없이 내가 건설회사에 납부한 금액보다 더 큰 전세보증을 받고 계약을 했던 것이다.

2년 세월은 삽시간에 흘러버렸고, 잔액 약 6,000만 원을 치르고 집을 구입하여야 할 때가 오고 말았다. 그렇지만, 그때나 지금이나 저축하는 데는 재주가 없어 입주에 필요한 자금을 마련할 수가 없었다. 그래서 매입을 포기하기로 하고, 입주자인 L선생을 찾아가 사정을 말씀드렸다.

그러나 전세 기간의 권리는 보장하도록 건설사 측에 부탁하겠다고 얘기 드리고, 일어서려니 L선생께서 잠시 자리에 앉기를 권하더니 조용히 타이르듯이 하신 말씀이 자신이 전세금을 올려 줄 터이니 이 기회에 집을 마련하라는 것이었다.

젊은 우리들을 생각해 주시는 그 마음이 고맙기도 하고, 한편으로는 경제사정이 다소 어려워도 무리해서라도 집을 마련하는 것이 좋겠다는 생각이 들어 그분의 충고를 받아

들였다. 모자라는 대금은 은행 대출을 받아 그 집을 구입하였다. 그 뒤 집값을 갚느라 고생은 하였지만, 이 때 집을 마련하지 못했다면 그 뒤 집값이 많이 뛰어 더 어려웠을 것은 분명하다.

여기서 L선생과의 인연은 끝이 아니었다.

집을 구입한 지 2년이 채 되지 않아 나는 불가리아 현지법인으로 파견을 나갔다. 부임한 지 2달이 되지 않아 IMF사태가 터졌고, 경제가 어려워져 모든 사람들의 삶은 어려워졌다. L선생도 경제상황이 어려워져 집을 옮겨 전세금의 일부라도 빼내야 할 형편이 되었다. 나의 국내 일 처리를 부탁하였던 형님으로부터 L선생이 자금난으로 집을 빼고 더 좁은 집으로 가겠다는 통보를 받고 L선생과 직접 전화통화를 하였다. 다른 사정이 아니고 오직 급한 돈 때문이라면 내가 전세가를 낮추어 2,000만 원을 내 줄 것을 제안하였다. L선생은 매우 고마워하며 그렇게 해 준다면 문제도 해결되고 집도 그대로 유지하겠다고 하셔서 그렇게 다시 2,000만 원을 내 주었다. 물론 계약서의 수정도, 영수증의 교부도 없이…….

불가리아에서 근무를 마치고 4년 만에 귀국하니 IMF사태는 수습되고 경제는 다시 어느 정도 회복되었다.

귀국했다는 소식을 L선생에게 전한 며칠 후 L선생으로부터 한 번 만나자는 전화를 받았다. 식사 후,

"이제 전세 값도 회복되고 했으니, 다시 2,000만 원 돌려 드릴 테니, 계좌번호를 알려주세요."

라고 말하는 것이었다.

"그냥 사시지요? 집 구입할 때도 도와주시고 했으니...... 그리고 저희들은 전세 많이 받아도 활용할 줄도 모르고 오히려 빚만 됩니다."

"그래도 그건 아닙니다. 주변 시세가 7천만 원을 넘고 있는데, 사람이 도리가 있지......"

결국에는 전세금을 더 받을 수밖에 없었다. 물론 은행입금의 흔적 외에는 영수증이나 변경계약서 등은 없었다.

날로 복잡해져 가는 이 세대에, 불신과 배신이 횡행하는 세태에 세를 들기도 하고 들이기도 하며 이렇게 목가적인 계약을 즐길 수 있었던 것은 참 큰 복이었다.

날로 복잡해져 가는 이 세대에, 불신과 배신이 횡행하는 세태에 세를 들기도 하고 들이기도 하며 이렇게 목가적인 계약을 즐길 수 있었던 것은 참 큰 복이었다.

31. 친구

1. 마중

"예, 서울에서 친구가 내려오는데, 동대구역까지 마중을 나가는 길입니다."

며칠 전 태어난 첫 손자를 처음 만나러 대전으로 가는 KTX,

열차 옆자리에 앉으면 서먹함을 지우려 의례히 나누는 통상적인 문답들, 곧 '어디까지 가시는지?'에 대한 물음에 대해 돌아온 답이다.

"아니, 울산에서 동대구역까지 열차로 20여분이면 도착하는 거리인데, 울산역에서 기다리면 될 터인데, 동대구역까지 마중을?"

"예, 참으로 친한 친구이거든요. 1분이라도 빨리 만나고 싶어서요."

그때서야 자세히 살펴보니 앳된 젊은 부인은 아직 처녀티를 채 벗지도 않았는데, 친구를 만나러 간다는 설렘 때문인지 얼굴이 발그레하게 상기되어 있는 모습이 아름다웠다.

실리와 합리성만 추구하는 세상에서 이런 불합리가 오히려 그리워진다.

2. 부재

"예, 저 벌판이 제가 어릴 적 살던 들판이지요. 저도 겨울날 친구 찾아 칼바람이 쌩쌩 부는 저 들길을 걸은 적이 있지요."

열차가 경산 부근을 지날 즈음, 친구를 만나러 동대구로 가는 옆자리의 부인에게 답례 삼아 거의 반세기가 지난 중학교 시절 친구를 찾아갔던 이야기를 들려주었다.

그때가 아마 겨울 방학이었을 것이다. 지금은 시내버스가 시도 때도 없이 다니는 길이지만, 대구로 유학 와 있던 중학교 시절 대구와 경산은 시외버스를 타고 한 시간이나 가야하는 오십 리의 머나먼 길이었다,

그 시절은 그야말로 '부모 팔아 친구 산다' 는 말처럼 친구가 그리도 좋았던 시기였던 것 같다. 불현듯 시골에

살던 초등학교 친구인 종규가 보고 싶어 무작정 남부정류장으로 가 빨간 줄무늬가 그려진 삼천리 시외버스를 타고 경산으로 향했다.

한 겨울이라 잎사귀가 다 떨어져버린 키 큰 포플러 나무 가로수가 서있는 자갈길 신작로를 한 시간이나 달려 들판가운데 있는 내가 졸업한 초등학교 앞에서 내렸다. 종규네 마을은 거기서도 저 들길을 가로질러 십 리는 걸어가야 하는, 어린 내게는 꽤 먼 길이었다.

한낮 햇볕은 쨍쨍했지만, 벌판을 불어오는 칼바람은 옷속으로 사정없이 파고들었고, 입성이 그리 풍족하지 못했던 시절, 시리고 추웠던 기억은 지금도 몸을 웅크리게 한다.

집을 나선지 거의 두 어 시간은 지나서야 친구네 마을에 도착하였고, 한달음에 친구 집에 다다랐다.

그러나 아뿔싸!

종규 어머니가 소여물을 준비하다 말고 나를 반가이 맞아 주셨는데, 그렇게 그리워 찾아간 종규는 고모네를 가고 사나흘 뒤에나 돌아온다는 것이었다. 그 시절에는 인터넷은 물론 전화도 없던 시절, 친구와 만나는 길은 사전에 편지를 보내는 방법밖에 없었는데, 편지도 없이 그냥 왔으니…….

종규 어머니께서

“아이고! 야야! 손이 다 얼었네.”

하시며 절절 끓는 아랫목 이불 속으로 내손을 끌어 당겨 녹여주시며,

“그래, 여기 있거라 내가 얼른 밥 지어 올 테니까 먹고 가거라.”

하시며 가마솥에 불을 때어 늦은 점심을 해 주셨다.

다시 왔던 들길을 되짚어 돌아오는 길에는 여전히 1월의 찬바람은 날을 세워 불고 있었고, 내 가슴도 어린마음이 허허로웠던 기억이 난다.

3. 만남

“여기가 봉화 내 친구 집입니다. 친구가 보고 싶어 울산에서 5시간을 오토바이로 왔다가 이제 내려갑니다.”

중국에 출장 나와 있는데, 효영이로부터 문자와 함께 어둑어둑해지는 산골짝에 있는 오두막 입구에서 친구를 만나는 사진을 보내왔다.

그날은 마침 회사에 행사가 있어 오전 일만 하고 그가 살고 있는 산속 집으로 돌아왔는데, 아내와 아이들도 외출하였는지 집은 비어 있었고, 얼마 전 부산에서 봉화로 귀농하여 황토 흙집을 짓고 있는 친구가 갑자기 그렇게도 그리워졌다는 것이다.

그길로 오토바이를 몰고 울산에서 경주, 포항, 영덕, 청송을 거쳐 봉화로 11월 말의 찬바람을 맞으며 5시간을 넘게 달려왔다는 것이었다. 도착하자마자 친구 얼굴을 한 번 보고, 라면 한 냄비를 청하여 먹고는 30분도 되지 않아 지금 막 내일 출근을 위하여 다시 5시간의 밤길을 되짚어 울산으로 돌아간다는 것이었다.

"저런 친구가 있는 남편이 몹시도 부럽네요."
그 친구 부인의 말이었다.

인터넷을 비롯한 문명의 이기들이 사람 사이를 가깝게 하는 데 반비례하여 사람 사이의 간격은 오히려 더 멀어지고, '우정'이란 단어도 빛바랜 옛 글에나 나오는 언어가 되어가는 이 시대에도 저런 마음이 여전히 존재하고 있다는 것은 참으로 신선하고 고마운 일이었다.

32. 德

“21세기는 동양의 세기가 될 것이다.”
“21세기는 한국이 세계를 지배하게 될 것이다.”

고국에 있을 때 이런 이야기를 들을 때마다 지나친 아전인수(我田引水)격의 예측이 아닌가 하여 마음속으로 고소(苦笑)하곤 하였다.

그런데 이곳 유럽의 한 모퉁이 소피아에 와서 살면서 전문가들의 이러한 예측에 나름대로 조금은 공감하게 되었다.

최근 현지 회사에서 사소한 문제로 노동조합과 이견이 있었다. 며칠만 더 기다려 주기를 요청했지만 결국 시한부 파업을 단행하며 실력 행사에 들어가 버렸다. 나의 진심과 노력을 옆에서 보아온 인사부장 밀라노바 아줌마가 와서 이 소식을 전하며 자신의 책임인 양 매우 미안한 표정을 짓기에

“모두가 저의 덕이 부족한 탓입니다.”

하고 위로하였다.

비서를 통하여 영어를 전혀 못 하는 인사부장 아줌마와 대화를 해나가는데 갑자기 '德'에 해당하는 말이 떠오르지 않았다. 할 수 없이 늘 비치해두는 한영사전을 찾아보니 'virtue', 'goodness' 또는 'moral excellence' 정도의 대응 단어를 찾을 수밖에 없었다. 나 자신의 영어 실력의 모자람도 있었겠지만, 그 어느 영어 표현도 내가 생각하는 '德'이란 개념을 제대로 전달할 수 없었다.

할 수 없이 비서에게 '德'이란 개념을 장황하게 설명할 수밖에 없었다.

'이를테면 옛적 왕조 시대 어느 마을에서 자식이 부모를 살해한 사건이 있었다고 합시다. 왕과는 직접적인 인과관계는 없더라도 왕은 자신의 인격이 부족하여 이런 유의 사건이 일어났다는 인식하에 자신의 덕 없음을 하늘에 용서를 빌며, 덕을 쌓기에 노력합니다. 비가 내리지 않아 농사를 망쳐도, 비가 너무 와서 백성들이 고통을 받아도, 지도자는 자신의 덕의 부족을 탓하며 덕을 닦고자 노력하지요. 비단 옛적에만 그런 생각이 있었던 것이 아닙니다. 현재도 사건이나 사고가 많이 나면 대통령의 덕을 거론하는 것이 동양사회입니다.'

그제서야 비서는 고개를 끄떡이며 이해하는 표정을 지었다.

"그렇지만 그것은 너무 비합리적입니다. 지도자의 리더십이 부족하거나, 정책이 잘못되어 그런 일이 발생한다면 당연히 책임을 져야하지만 어떻게 자기와 상관없는 일까지 어찌 무한 책임을 지웁니까?"

라고 한 마디 덧붙이는 것이었다.

이곳에 와서 서양의 합리주의와 동양적인 사고의 차이를 발견할 기회가 참으로 많았다.

비서는 내 방에 들어올 때마다 외투를 걸치고 들어오곤 했다. 방이 너무 춥다는 것이었다. 몇 번이나 전기난로를 들여놓겠다는 것을 말리며, 산에 썩어 가는 나무를 가득 두고도 IMF로 노숙하는 사람들을 생각하며 자신의 방에 군불을 때지 않고 산중 암자에서 겨울을 나는 노스님을 만난 법정스님의 최근 칼럼을 이야기 해주며,

"여기보다 훨씬 추운 공장에서 일하는 직원도 많으며, 불가리아의 어려운 경제 여건으로 이런 한파에서 난방을 못 하는 우리 직원들이 많다는데 이만하면 됐지 않느냐?"

고 얘기했더니만,

"마음은 이해하나, 손이 곱아 일의 능률이 오르지 않으면 더 손해가 아니냐?"

는 것이었다.

그러고 보니 우리의 행동 양식 가운데는 불합리한 점도 많은 것도 사실이지만, 그 불합리한 것처럼 보이는 것 그것이 바로 동양의 무한한 힘의 원천이 되는 비밀이기도 하다는 사실을 이분들은 모르고 있는 것이다.

서양의 법, 철학 그리고 종교 분야도 먼저 발달해온 것도 사실이지만, 서구세계가 최근 몇 세기 동안 세계역사를 주도하며 아시아와 아프리카 등을 식민지로 삼아 지배할 수 있었던 것은 동양에 한 발 앞선 산업화를 통한 물질문명의 우위를 발판으로 가능했던 것 또한 사실이다. 그 당시 동양의 정신문명만으로는 서양의 물질문명의 물결을 이겨낼 수 없었지만, 물질문명이 거의 대등한 상태에 이른 지금에는 정신문명의 우위 여부가 다음 세기의 경쟁력을 가늠한다고 볼 때 '동양주도의 21세기론'은 가능성을 가지게 되는 것이 아닌가 나름대로 생각해 본다.

서양 사람들 눈에는 비합리적으로 보이긴 하지만 젤 수 없는 무한한 힘을 가진 동양정신의 고양(高揚)이 오히려 요청되는 시대를 맞이하고 있다. 최근 구미 각국에서 불고 있는 동양의 정신문화에 대한 깊은 관심 또한 이러한 맥락에서 이해할 수 있을 것으로 생각된다.

그런데 우리나라를 비롯한 동양은 오히려 서양이 갖지

못한 이러한 정신들을 버리고 자꾸만 서구를 닮아 가고 싶어 하는 것 같아 안타까운 생각이 든다.

33. 차 한 잔을 마시며

지금까지도 가끔 차를 마시기는 했지만, 사실 차의 깊은 맛을 잘 알지는 못하였다. 건조한 아라비아 사막의 한 모퉁이 쿠웨이트에 파견 온 후 아내가 물을 많이 마셔야 한다며 억지로 맡기다시피한 일인용 다기를 휴가 후 가지고 들어오며 차향기와 맛에 빠지기 시작하였다.

현장에서는 섭씨 50도를 넘는 혹서기에는 더운 낮 시간을 피하여 새벽 3시 반이면 일을 시작한다. 이를 위해서는 최소한 2시 반에 일어나 식사를 하고 현장으로 향한다. 시내를 빠져나와 사막 길을 한 20분 가량 달리면 현장사무실에 있는 내 방에 도착하게 된다.

내 방에 도착하면 맨 먼저 물을 끓여 일인용 다기를 덥힌 후, 찻잎 몇 조각 넣고 달이면 온 방이 차향으로 가득 찬다. 그러면 그 향기가 종일 방안을 맴돌며 맑은 기운을 음미할 수 있어 좋았다. 코끝에는 차향이 늘 기분 좋게 머물렸고, 하루 대여섯 잔씩 마셔대던 커피도 자연스레 끊을 수 있어 좋았다.

처음 한 통은 아내가 다기와 함께 보내준 평범한 차로 시작하였다. 나는 그 차가 어떤 차인지, 종류도, 수준도 몰랐다. 마침 내 방을 찾아온 협력회사 사장에게 차 한 잔을 대접하였더니, 내가 차를 좋아하는 것을 알고 한국에서 들어오며 우전차를 두 봉지 갖다 주었다. 차에 초보자인 나의 입에도 이 차 맛이 얼마나 부드럽고 향기로운지 감탄이 절로 나왔다. '아! 선인들이 즐긴 차 맛이 이런 것이었구나!' 하고 조금은 짐작하게 되었다.

문제는 그 다음이었다. 그 우전차를 아껴 먹었지만, 달포도 채 지나기도 전에 차가 바닥이 났다. 우전이 끝나고 휴가차 다녀오는 직원에게 부탁하여 값 비싸지 않은 차를 사오도록 했다. 그 후 세작으로 달여 먹기 시작했는데, 찻잎과 맛이 얼마나 거친지 입맛이 다 떨어질 지경이었다. 불과 한 달 만에 우전차에 이미 길들여져 버린 것이다. 그래서 차를 마시는 일에 심드렁해지고 게을리 하기도 했다.

오늘 아침 그 세작으로 차를 달여 먹으며 다시 차의 그윽한 향기를 코끝으로 느끼기 시작했다. 우전차에 길들여

진 맛을 버리고 세작에서 향기 찾기까지 몇 달이 걸린 것이다.

참으로 우리는 좋은 것, 부드러운 것, 호화로운 것에 얼마나 길들어 버리기가 쉬운가? 그리고 길들어 버린 후 그 습관을 바꾸는 일은 또 얼마나 어려운 일인가? 일부러 궁상을 떨 필요는 없지만, 내 이웃을 생각하며 먹고, 마시고, 잠자는 것이 너무 호화에 길들여지지 않도록 경계할 일이다.

자유시장경제를 근간으로 한 자본주의는 인류가 발명한 경제제도 중 가장 훌륭한 제도임은 지난 70년간의 사회주의의 실험이 실패로 돌아감으로써 충분히 증명되었다고 생각된다. 그렇지만 생산부문에는 자본주의가 최고의 제도일지는 몰라도 분배문제는 여전한 인류의 숙제이다. 여기에는 경제 원리를 넘는 도덕적, 철학적 절제가 따르지 않는다면, 이 좋은 제도도 위기에 직면할 수 있을 것이다. 내 것이라고, 자유라고, 안하무인으로 그 풍요를 절제 없이 즐긴다면 이 훌륭한 제도도 위기에 빠질 수밖에 없을 것이라는 생각은 괜한 노파심일까?

'뭐 녹차 정도 좀 좋은 것 마시는 걸 가지고 뭘 그러나?' 할지 모르지만, 상아 젓가락을 갖고 싶어하는 은나라의 주왕에게 간언한 기자의 고사는 우리 인간의 약점을 깊이 통찰한 것임을 알 수 있다.

한비자의 기사를 보면 은나라 마지막 왕인 주왕은 중국 역사상 폭군 중의 한 명으로 꼽히지만, 즉위 초기에는 성실한 군주였던 것 같다.

어느 날 주왕이 상아 젓가락을 만들자 기자는 그것이 두려워서 이렇게 말하였다.

"폐하께서 상아 젓가락을 만들면 음식을 흙으로 만든 토기에 담아 먹을 수 없고, 반드시 뿔이나 옥으로 만든 그릇을 찾을 것입니다. 옥그릇이나 상아 젓가락을 사용하게 되면 반찬은 콩이나 콩잎으로는 안 되고, 반드시 쇠고기나 코끼리고기나 표범고기를 차려 놓아야 할 것입니다.

그런 고기를 먹게 되면 아무래도 짧은 털가죽 옷을 입고 초가집에서는 살 수 없는 노릇으로, 반드시 비단옷을 입어야 하고 고대광실에서 살아야 할 것입니다. 이와 같이 모든 것을 상아 젓가락의 격에 맞추다 보면 천하의 재물을 총동원해도 모자랄 것입니다."

한비자는 아래와 같은 비평으로 이 이야기를 마무리 한다.

"성인은 하찮은 징조를 보고도 장차 발생할 사태를 알 수 있으며, 단서를 보고서 결과를 추측한다. 상아 젓가락을 보고 결과를 두려워한 것은, 천하의 재물을 다 쓸어 넣어도 욕망은 충족시킬 수 없음을 알기 때문이다."

맨 먼저 물을 끓여 일인용 다기를 덥힌 후, 찻잎 몇 조각 넣고 달이면 온 방이 차향으로 가득 찬다. 그러면 그 향기가 종일 방 안을 맴돌며 맑은 기운을 음미할 수 있어 좋았다.

---

34. 시(詩)답잖은 글들

1. 숨은 꽃

우리가 몰라서 그렇지.
저렇게 잎 속에 숨어 피는 작은 꽃,
세상에 하나뿐인 이쁜 꽃.

지나가는 이 아무도 몰라서 그렇지,
진짜 아무도 몰라서 그렇지.

2. 소유한다는 것은

소유한다는 것은 등기소 등기부 소유자란에
내 이름이 등재되는 걸 말한다.

내 동료 김 과장은 서울특별시 강남구에
스물다섯 평짜리 아파트를 소유하고 있다.
전세 천오백 안고 천만 원 빚내어 오 년 전에 샀다.
겨울이면 비닐로 나무 창문 가린 단칸 셋방에 살며,
허리가 휘어지도록 이자를 치렀다.
하루도 살아보지 못한 그 집을 위해
외풍에 딸아이가 심한 기침하여도
나는 한국에서 제일 비싼 동네 아파트 소유자라고,
강남구 등기소 등기부 소유자란 내 이름 위해
앞으로 오 년만 더 고생한다네

우리 집 앞에는 이삼백년 됨직한 소나무로 가득 찬
이십만 평 넓이의 황성공원이 있다
집에 오는 손님마다 음식 대접 잘 못해도
우리 집 뜰 넓고 좋아 삼림욕에 맑은 공기
실컷 마시고 가라고 숲길 함께 걸었다.
하늘 가린 솔숲에 누런 송홧가루 덮힌 오솔길,
종달새, 호림정 활터 구경시키며
우리 집 뜰 어떠냐고 묻다가 묻다 보니
불현듯 이 숲길이 진짜 내 것 같아서
경주시 등기소 등기부를 열람해 보았다네.

소유한다는 것은 등기소 등기부 소유자란에
내 이름이 등재되는 걸 말하는 것일까?

3 그 시절

누렇게 익어가는 보리밭,
갓 모낸 무논을
바라보는 것만으로도
배부르던 시절이 있었다.

아린 맛 채 가시지 않은 찐 자주 감자,
겉보리 한 됫박 주고 바꾼
물외 한 광주리만으로도
행복에 겨웠던 시절이 있었다.

보리밭 위에서 지저귀는 종달새,
물꼬를 넘쳐흐르는
물소리만으로도
고전 음악보다 감미로웠던 시절이 있었다.

한 움큼 모은 반딧불,

흐드러지게 쏟아지는 별빛만으로도
떡갈나무 고개 밤길이
오히려 빛나던 시절이 있었다.

4. 질량보존의 법칙

-1774년 라보아지에-

천칭 한 쪽엔 수산화바륨과 황산을 얹고
또 한 쪽엔 분동을 놓는다.
수산화바륨과 황산은 결합하여 화학 반응
황산바륨과 물이 된다.
그걸 다시 천칭에 올리면
천칭은 중립, 흔들림이 없다

천칭 한 쪽엔 분동을 얹고
또 한 쪽엔 우주와 나를 얹어 놓는다.
우주와 나는 결합하여 화학 반응
나는 분해되어 우주의 한 원소로 돌아간다.
그걸 다시 천칭에 올리면
천칭은 다시 중립, 흔들림이 없다

5. 봄 편지

봄은 어깨에 쌓인 잔설을 후두둑 털어내고 치술령, 열반재 너머 용장골 마애석불 따스한 미소로 이미 와 있었습니다. 나는 용장사 절터 삼층탑 돌 기단에 앉아 이제 막 푸른 기운 감도는 솔숲 위로 가슬가슬 쏟아지는 아지랑이를 온 몸에 맞으며 편지를 썼습니다. 밤새워 편지를 쓰고 받던 일은 퇴화된 전설이 되었고, 우체통에는 이제 인쇄소에서 갓 찍어 보낸 편지들로 가득 차 있습니다. 이다음에 다시 만나자던 유년의 빛나던 약속은 여태껏 길 위를 맴돌며 바래가고 우리는 그 무엇을 그리워할 겨를도 없이 종종걸음을 치며 자기만의 둥지로 홀로 돌아갈 따름입니다. 마애석불 옷고름이 노을빛으로 물들 즈음 잃어버린 기억을 더듬어 몇 번을 풀고 나서야 겨우 접은 종이배를 가지고 계곡으로 내려와 옛적 이산에 살던 어느 시인처럼* 제 흥을 못 이겨 재잘거리는 개울물에 종이배를 띄웠습니다. 받을 이 없는 봄 편지를 띄워 보냈습니다. 다시 계절이 지나 이 산자락에도 서설처럼 답장들이 쌓이기를 기다리며…….

* 우리나라 최초의 한문소설 '금오신화'를 쓴 매월당 김시습

6. 본 스캐닝

감마선 카메라 아래 누우면
내 몸은 머리에서 발끝까지
하나도 숨김없이 드러나고 만다.
그럴듯한 양복이나 넥타이도
이 카메라 앞에서는 무용지물
아무 것도 꾸미거나 장식할 수 없다
가끔씩 관절염이나 암세포가
검은 색이나 붉은 색으로
분포되기도 하지만, 모니터에는 늘
삶의 군살을 다 발라낸
앙상한 뼈만 하얗게 화상(畵像)으로
나타날 따름이기 때문이다
아! 그래도 얼마나 다행한 일인가
이 귀신같은 카메라로도
내 은밀한 속마음의 정보까지는
모니터에 마구 뿌려낼 수 없음은

* 본 스캐닝(BONE SCANNING) ; 인체에 방사선 물질을 투입하여 일정 시간이 지난 후 Y선을 쐬어 그 분포를 사진이나 MONITOR에 투사하여 뼈의 상태나 병의 진행 정도를 진단하는 방법

7. 봄꽃(春花)

- 백춘화(白春花)사모님 칠순에 붙여-

봄 가뭄 그리도 길어 온 산이 목마르더니,
어제, 그리고 그제 봄비가 내렸습니다.

속병처럼 번져 온 산을 태우던 불길도 잡혔습니다.
그리고 이제, 그 자리에
흰 배꽃, 노란 개나리 꽃망울이 터져 나왔습니다.
곧 붉은 진달래가 온 산을 덮을 것입니다.

흰 봄꽃!
일흔해 세월 돌아보면,
한 영혼, 한 영혼 출산하고 기르는 아픔과 기쁨을
섞어 짠 시간이었습니다.

가슴을 아프게 하던 불길도,
머리 어지럽게 하던 아픔도 다 지나고,
이제는,
봄비 흠뻑 맞아 터져 나오는
저 흰 봄 꽃처럼,
다시 온 산을 평강으로 물들이게 하소서.

8. 그 우물에 가면

- 작은 도서관 혜윰, 생명의 카페 폰테스 개관에 붙여 -

그 우물에 가면,
저 땅속 깊은 곳에서 길어 올린
맑고 청량한 지혜의 생수를 마실 수 있다.

그 우물에 가면,
저 달보다 거리가 더 멀어진
이웃과 만남의 끈을 이어갈 수 있다.

그 우물에 가면,
저 수가의 여인처럼,
삶에 지친 영혼들이 영원히 목마르지 않는
생명의 물을 마실 수 있다.

그 우물에 가면,
책속에 난 길을 읽어 지혜를 얻고,
외로운 삶의 길섶에서 동무를 얻고,
영원한 구원에 이르는 길을 만날 수 있다.

9. 출항전야(出航前夜)

- 이무희 전무 퇴임에 붙여 -

돌아보면 아득한 물길이었지만,
또 한 번 돌아보면
찰나였습니다.

사람들은 떠난다고 스산해 하지만,
본래 오고 가는 것이 없었을 진데
어찌 떠남이 있겠습니까?

더욱이나,
붉은 마음들 이냥 여기 있는데
어찌 떠나보냄이 있겠습니까?

세월이 다시 아득히 흐른 뒤에도
사람들은 기억할 것입니다
임께서 치열하게 살다간 발자국을

깊고 푸른 동해바다 오늘도 창창하고
수평선 박차고 오를 내일의 황금빛 태양
임께서 누빌 항로 위에 여전히 눈부시게 빛날 것입니다

하여, 임이여!
오늘 우리 여기 축복의 나들목을 마련했거니
더 큰 우주에서 하나 되는 새 출항의 전날 밤에

임들이여!
이 밤 축복의 잔을 높이 듭시다
이제 닻을 올리는 임의 새로운 항해를 위해

임들이여!
이 밤 축복의 기도를 올립시다!
저 큰 바다의 뭇별처럼 빛나는 임의 앞날을 위해

Ⅳ. 생각, 한 생각 바꾸니

35. 손꼽아 기다리는 입학

입학의 계절이다.

입학을 앞둔 아이들의 가슴은 꿈으로 가득차고, 자녀를 학교에 보내는 젊은 아빠 또한 흐뭇한 마음으로 함께 가슴 설렌다.

6년 전 우리 딸 오진이가 초등학교에 입학할 때도 예외는 아니었다. 하루에도 몇 번씩이나 빈 가방을 메고 거실을 이리저리 걸어보며 학교에 갈 날을 손꼽아 기다리는 것이었다.

나는 그 모습을 보며,

'과연 저 아이의 앞에 기다리고 있는 배움의 길이 저렇게나 신나고 즐거운 길일까?'

'혹 교육이라는 이름 아래 굴레 씌우고 저 자유자재를 정형화된 틀 속에 우겨 넣는 것은 아닐까?'

하는 생각이 마음을 무겁게 하곤 했다.

아울러 교회를 오가며 창밖을 스쳐가는 간판을 교과서 삼아 글자를 익히고, 모든 사물을 초롱같은 눈으로 바라보던 배움의 기쁨을 입학 후에도 계속 누리기를 바랐다.

그렇지만 그로부터 얼마 지나지 않아 딸아이에게서 들은 대답은 그리 긍정적이 아니었다. 이 아이도 어느덧 배우고 익히는 기쁨보다는 시험에서 틀린 숫자에 더 관심을 가지고 있었고, 그의 아빠 또한 내색은 하지 않았지만, 어느 결엔가 아이의 성적이 그의 마음에 자리잡아가기 시작하는 것이었다. 그저 아이들이란 올바르고 건강하게만 자라면 그만이지 학교성적이나 순위 따위가 다 무슨 소용이냐고 큰 소리 치던 호기는 슬그머니 꼬리를 내리고…….

해외에서 잠시 근무할 때 만난 여러 나라 사람들을 통하여 그때까지 그저 아전인수 격으로만 들리던 우리 민족의 우수성을 직접 확인할 기회가 있었다. 하여튼 우리민족의 우수성은 자타가 공인하는 바인데, 지금껏 노벨상 한번 받은 적도 없고, 어린 시절이나 고교 시절까지만 해도 그 또래 세계 어린이들보다 뛰어난 재질을 보이다가도 성인이 되어서는 그 우수성에 상응하는 세계적인 성취를 이루어낸 사람이 별로 눈에 뛰지 않는 이유는 무엇일까?

여러 가지의 역사적 배경과 원인이 있겠지만, 그 핵심에는 우리의 교육이 위치하고 있지 않을까 하는 생각을 해보곤 한다. 겉모습은 교육에 아주 열심인 듯하나, 그 속을 조금만 들여다보면 입시를 중심으로 한 파행적이고, 반(反)교육적인 요소가 다분하고, 상상력과 창조력의 고양보다는 억제하고 말살시키며, 인격교육은 도외시한 기능적 지식의 전달에 불과한 교육현실에서 그 한 원인을 찾을 수 있을 것이다.

전 세계에 흩어져 있는 유대민족은 대략 1,500만 명 정도가 된다. 전 세계인구의 0.3%인구로 역대 노벨상의 30%를 휩쓸어 간 유대인의 비밀을 '유대인의 천재교육'을 읽으며 분명히 볼 수 있었다. 그것은 결코 하나님께서 유대인을 특별히 머리 좋은 '선민'으로 지어서가 아니라 그들이 행하는 교육에 기인한다는 것이었다.

우리가 아이들에게

'너 반에서 몇 등하니? 몇 점 받았니? 이웃집 돌이는 올백이라 하더라.'

고 협박하고 있을 때 유대인 부모들은

"싫으면 말아라! 하려거든 열심히 해라! 네가 좋아하는 분야에서 최고가 되어라! 일등보다는 남들과 다른 사람이 되어라!"

라고 가르친다.

우리가 아이들에게 필요해서 라기 보다는 다른 아이들이 모두 하는데 우리 아이만 하지 않으면 뒤떨어질까 걱정하는 '사회 집단 교육 조바심 증후군'에 갖은 종류의 과외와 공부의 굴레를 아이들에게 씌워 나가고 있을 때 유대인들은 그들의 아이들에게 하나님의 말씀과 이웃 사랑을 가르치고, 배우는 즐거움을 가르친다.

그들은 글자를 처음 배우기 시작하는 아이들에게 꿀로 만든 히브리어 자모의 모형을 먹이며 글자를 가르쳤다. 배우는 것이란 이렇게 달콤하다는 것을 가르치는 것이다. 공부하는 것이 너무나 재미있고 달콤한 사람과 공부하는 게 지겹고 고통스런 사람, 그 결과의 차이란 명약관화하다.

> '學而時習之 不亦說乎(학이시습지 불역열호)
> 배우고 때로 익히니 또한 기쁘지 아니한가!'
> 우리 아이들에게 배우는 기쁨이 있는가?

'모란이 피기까지는'을 읽으며 가는 봄을 가슴 저미게 아쉬워하기보다는 시험에 대비하여 시의 소재, 주제, 작가의 본명과 그의 소속 동인지의 이름을 외워야 한다. 송강가사에서는 선인들의 멋과 낭만보다는 순경음비읍의 변천

과정을 익혀야 하고, 수동태, 능동태, 관계대명사 익히기에 급급한 아이들에게 영어 표현의 아름다움을 즐기라고 어떻게 요구할 수 있을까?

뒤죽박죽 어문정책은 우리조상들의 사상과 철학이 담긴 한문에 까막눈을 만들어 대학을 나오고도 신문사설 하나 제대로 해득 못하는 반(半)문맹자를 양산하였다. 흑백논리성 사지선다형 시험문제는 우리의 아이들을 사지선다형 인간으로 만들어 간단한 자신의 의사조차 논리적으로 표현하거나 쓰는 능력을 상실케 했다. 교육적 풍요 속의 빈곤 현상이다.

우리는 왜 가르치고 배우는 걸까? 우리의 교육목표는 무엇일까? 이렇게 가르쳐서 남보다 약간 더 높은 숫자를 기록하고, 나아가 입시를 통과하여 무엇에 쓰자는 것일까?

그러면 과연 배우는 일은 고통스럽기 만한 일일까? 물론 쉽고 안일하게 배울 수만은 없는 게 분명하고, 때로는 뼈를 깎는 고통도 감내하며 학문을 해야 할 때도 있다. 그렇지만 배우는 게 어떻게 늘 고통스럽기 만한 일인가? 우리는 학교를 졸업한 후 직장생활을 하며 혼자 어학이나 다른 책들을 접하며 느꼈던 배움의 희열을 우리는 어렵지 않게 기억해 낼 수 있다. 우리는 배우는 것이 즐겁다는 사실을 그때서야 깨닫게 되는 것이다.

바로 우리 교육의 비극은 이와 같이 배우는 기쁨을 너무나 늦게 깨닫게 된다는 데 있는 것은 아닐까?

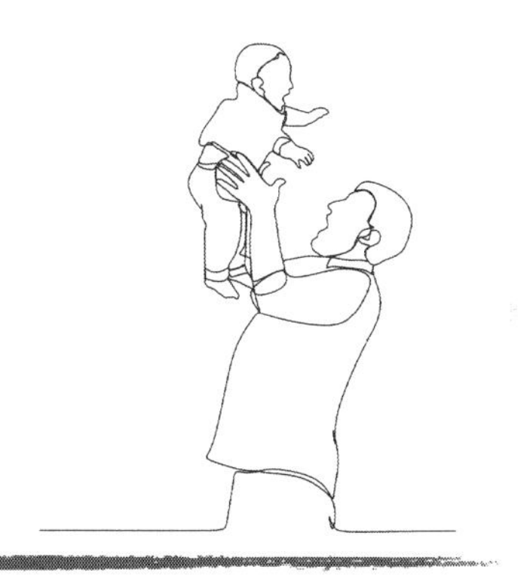

우리 교육의 비극은 이와 같이 배우는 기쁨을 너무나 늦게 깨닫게 된다는 데 있는 것은 아닐까?

36. 본데있는 사람, 본데있는 집안

언어도 시대를 따라 흘러가는가 보다. 예전에는 많이 쓰이던 말이 지금은 사용하는 빈도가 줄어들거나, 아예 소멸되어 버리기도 하기 때문이다. 이런 말들 중의 하나에 '본데 있다'란 말이 있다. 어린 시절 고향인 안동 지방에서는 자주 듣던 말인데, 요즘은 거의 쓰이지 않는 듯하다. 실제로 주위 사람들에게 물어 보아도 그런 말이 있는지 조차 모르는 이들이 많았다.

'본데있다'란 말은 '보고 배운 바 있다.' 또는 '어린 시절에 예의범절이 엄격한 집안에서 어른들의 바른 행실을 늘 보고 몸에 익혀, 예의 바르고, 바른 몸가짐과 품성을 가지고 있다.'란 뜻을 함축하고 있다.

그래서 어느 집 자식이나, 시집온 며느리가 행실이 바르지 못하고, 예의를 잘 모르며, 어른을 섬길 줄 모를 뿐더러, 제 자식에게 교양 없이 욕지거리나 하는 천박한 모습을 보이면, 어른들은 '쯧쯧! 본데없는 것들.', '본데없는 집안에서 자라 할 수 없군.' 하며, 그 행위의 당사자 뿐 아니라, 그의 친정 부모, 집안, 나아가서는 그 가문까지 '본데없는 집안'으로 치부해 버리고 마는 것이다.

합리주의를 기초로 한 교육을 받아온 나로서는 본인의 행위에 대한 책임을 그 부모 혹은 집안으로까지 확대하는 것이 여간 비합리적으로 보이는 것이 아니었다. 그래서 '본데 있네, 마네.'하는 말은 약간의 고리타분한 냄새가 나는 언어로 내 기억 속에 저장되어 있었다.

그러다가 나이가 들어가며 사회생활을 하고, 많은 사람들을 만나고, 남을 섬기는 위치에 서 보기도 하며, 다른 사람을 휘하에 거느려 보기도 하는 한편, 집에서는 자녀를 얻어 길러 보기도 하는 가운데, 그 '본데'가 우리의 인격 형성과 그 후의 인생에 얼마나 중요한 영향을 미치고 있는가를 깊이 깨달을 수 있었다. 아울러 옛 어른들이 '본데 있다'란 짧고 소박한 말 속에 깊고 귀한 의미를 함축적으로 실어 사용한 지혜에 크게 공감이 갔다.

실제로 사회생활에서 문제를 일으키는 사람들을 자세히 살펴보면, 그 자신의 선천적 성격이나, 교육 정도 혹은 경제적 문제보다는 어떤 가정에서 무엇을 보고, 배우며 자랐느냐가 더 결정적 원인임을 알 수 있었다.

성격이 다소 급하거나 문제점이 보이는 사람도 '본 데 있는'가정에서 정상적으로 성장한 사람들은 그것을 절제할 줄 알았다. 반대로 가정교육이 부재한 '본데없는'가정에서 자란 사람은 상당한 수준의 학교 교육 이수에도 불구하고 절제되지 못한 모습을 노출시키는 경우를 자주 만날 수 있었다.

최근 신정부의 등장과 함께 쏟아지는 얼굴 뜨거운 비리들, 입학 부정 등을 통하여 보게 되는 도덕 불감증과 청소년들의 광란적 일탈에는 여러 가지의 원인이 있겠으나, 많은 사람들이 그 근본적인 문제의 출발점을 예의와 염치를 기초로 한 전통적인 유교적 가치관의 붕괴와 그를 대신하는 새로운 가치관이 서지 못한 데서 찾고 있다. 곧 '본데없는' 인간의 양산이 고등교육의 확대와 경제적 성취에도 불구하고 사회는 더욱 혼탁해지는 원인인 듯싶다.

원래 '본데'의 '본'은 '보다'라는 말의 형용사 꼴로 '무엇인가를 본다.'라는 의미가 있음은 위에서 말한 바 이거니와, 나는 거기에 더하여 '본'이란 말을 밑그림이나 옷을 지을 때 쓰이는 '본뜬다.'라고 할 때 쓰이던 '모형' 또는 '모델'의 뜻으로도 새길 수 있겠다는 생각을 해 보곤 했다.

우리는 딸아이가 5살이 될 때까지 부모님과 함께 살았다. 딸아이는 저희 엄마가 학교에 나간 뒤에는 할머니의 보살핌을 받으며 자랐는데, 그러는 동안 이 아이에게 있어서 할머니의 행동 하나하나가 모두 '본'이 되었던 모양이다. 분가 후 사소한 말다툼으로 저희 엄마가 조금만 언성을 높이기만 하여도 6살배기 딸아이는 정색을 하고,

"아빠가 말씀하실 땐 엄마는 조용히 들어야 해!"

하며 저희 엄마 입을 막기도 하고, 가끔 아내가 바쁜 때에 내가 식탁정리를 도와주기라도 할 양이면,

"엄만 왜 엄마 할 일을 아빠에게 시키고 그래!"

라고 말하곤 하여 저희 엄마를 속상하게하기도 했다.

딸아이의 이런 보수적인 시각은 그 시절을 살았던 대부분의 어머니들과 같이 나의 어머님께서 아버님께 거의 맹목적일 만큼 순종하는 행동을 그대로 보고 익힌 결과임이 분명했다. 딸아이의 시각을 교정하기 위해서는 다시 몇 년간의 또 다른 본보임이 필요했다.

곧 '부부란 일방적으로 명령하고, 복종하는 관계가 아닌, 서로 도와가며 살아가야 한다.'는 새로운 규범을 말과 행동으로 보이고 나서야 우리집에서 가장 강력한 어린 보수주의자의 시각을 가까스로 고칠 수 있었다.

그 후에도 내가 아무 생각 없이 TV를 시청하고 있으면 그 곁에서 바보 같은 표정의 딸아이가 앉아 있었고, 내가 책상에 똑바로 앉아 월간지라도 읽고 있으면, 그 곁에서는 책을 읽고 있는 딸아이를 발견할 수 있었다. TV 좀 그만 보고 공부 좀 하라고 야단 칠 필요는 전혀 없었다. 딸아이가 책 읽기를 바라면, 내 자신이 책상에 앉아 책 읽는 것 이상의 효과적인 방법은 없었기 때문이다.

내 동료 가운데 볼링을 굉장히 즐기고, 자주 볼링을 하러 가는 부부가 있었는데, 그 부부의 8살 난 딸아이는 장난감 볼링을 방 안에서 얼마나 멋진 폼으로 던지는지 보는 이들이 모두 혀를 내두를 정도였다. 이러한 일들을 통하여서 무엇을 보고 살아가느냐가 얼마나 중요한 사실인가를 체험적으로 깨달을 수 있었다.

사실 나는 어릴 적에 일본 군인같이 딱딱하고, 몰락 양반의 꼬리같이 꼬장꼬장한 아버지를 몹시도 싫어했고, 특히 어머님을 권위적으로 대하는 태도를 용납하기 힘들었다. 그런데 그렇게나 싫어하던 그런 태도와 말투를 나도 모르게 아내에게 사용하고 있는 자신을 발견하며, 나 자신이 싫어하는 것조차도 본대로 배우는 것을 보며, 어떤 두려움 같은 것도 느끼게 되는 것이었다. 또한 요즘 딸아이를 가만히 살펴보면 그 사고방식과 취향은 나를 그대로 닮았고, 일상적인 말투는 어찌나 저희 엄마를 닮아 가는지 놀랄 지경이다.

이렇게 아버지, 나, 딸아이의 삼대를 추론해 보건대, 나의 현재 모습에는 십 수대 위의 할아버지 모습이 얼마간이라도 남아 있을 터이요, 아래로는 십 수 대 아래 내 자손의 모습에도 나의 생각과 가치관의 일부가 남아 있을 게 분명하다. 이러한 관점에서 본다면 나의 현재의 생각과 행동은 나 자신에게서 종결되는 것이 아닌, 몇 세대에 걸쳐 영속적인 역사 속의 행위로 파악될 수 있을 것이다.

전 근대적인 신분 제도와 그것을 기초로 한 반상의 구별이 무너진 지는 오래 되었지만, 가정에서 부모들이 자신의 아이들에게 어떤 본을 보여주며 기르고 있느냐에 따라 '본 데 있는 집안'의 신분 제도는 여전히 우리 가운데 면면하게 살아 있음을 본다. 오히려 물질주의적 가치관이 횡행하는 오늘의 산업 사회와 핵가족 제도 하에서는 '본데 있는 집안'에서 자란 '본데 있는 사람'의 양산이 더욱 절실함을 느낀다.

그렇다고 자신이 '본데없는 집안'출신 임을 아쉬워할 필요는 없다. 왜냐하면 내 자신이 바로 '본데 있는 집안'을 일으킬 조상이 되면 되기 때문이다.

'본데 있는 집안' 출신의 새로운 양반이 많이 배출 될 때 작금의 혼돈된 가치관도 새로이 제자리를 찾게 될 것이고, 우리 조상 전래의 동방예의지국의 명예도 회복될 수 있을 것이다.

37. 변화와 변질

1.

"차~암, 내 젊은 시절, 이 양반 때문에 고생 많이 했지. 그런데 우리나라가 그래도 이 만큼 사는 것은 이 양반 덕이지!"

광주센터의 P센터장이 박정희 대통령 생가에 있는 대통령의 흉상을 쓰다듬으며 말을 걸었다.

P센터장은 유신체제의 마지막 해이던 1979년, 학생운동으로 그 당시 서슬도 퍼렇던 긴급조치9호 위반 혐의로 구속되어 온갖 고문을 받으며, 1년여를 감방에서 보냈고, 출소 후에는 바로 강제징집 되어 군에 입대했던 아픈 기억이 있었다. 그럼에도 불구하고 그는 우리나라가 5,000년 배고픈 가난을 극복하고 세계에서 그 유래를 찾을 수 없는 경제발전을 이루어 세계 10대 경제대국에 이르게 된 데에는 그의 리더십이 크게 기여하였음을 솔직하게 인정하

고 기리는 것이었다.

'젊어서 만인 평등의 이상을 가진 사회주의 사상에 매력을 느껴 그에 심취해 보지 않은 사람은 바보이고, 늙어서도 거기서 빠져 나오지 않는 사람은 더 바보다.'

라는 경구가 있다. 아마도 젊은 시절 사회의 불평등과 빈부격차에 분노하고, 어려운 이웃에게 관심을 기울이지 않는 젊은이는 젊은이가 아닐 것이다. 젊은 시절 평등과 정의를 위해 투신하는 것은 젊은이의 특권이라 할 수 있을 것이다. 그러나 나이가 들며 시야가 더 넓어지고, 사물을 좀 더 종합적으로 바라보게 되면서 순수한 젊은 열정으로만 바라보던 사회문제를 다른 시각에서 바라보게 된다. 더욱이나 인간의 본질적인 이기적 욕구를 학습에 의하여 이타적으로 바꿀 수 있다는 착각이 70년 사회주의의 실패를 보며 그 모순이 드러나고, 인간의 이기심이 긍정적 에너지가 될 수도 있다는 것을 깨닫게 되었다.

우리 주변에서도 젊은 시절 '오적'이란 시로 기성정치와 권력을 신랄하게 비판하다가 감옥살이를 마다하지 않았던 김지하 시인, 젊은 시절 청계천변에서 '활빈교회'를 세워 빈민들과 넝마주이를 함께 하며 정부를 비판하다가 긴급조치 위반으로 옥고를 치렀던 김진홍 목사, 그들을 우리는

'변절자'라고 부를 수는 없을 것이다. 그들은 그 후 생명운동가로 혹은 뉴라이트 운동의 기수로 젊은 시절보다 더 나라와 사회를 걱정하고 영혼들을 직시하며 젊은 시절과는 또 다른 진지한 행보를 보이는 것을 보고 사람들은 '변절'로 공격하기도 하지만, 그것은 분명 더 깊은 경지로의 '변화'가 분명하리라 생각된다. 사실 우리의 삶은 고정되어 있지 않고 더 높고 아름다운 차원으로 숙성되어 '변화'되어야만 하는 것이 아닐까? 박 센터장의 독백이 가슴에 와 닿는 이유다.

2.

'예비군 훈련? 그거 동네 예비군 중대장에게 돈 십만 원만 집어주면 일 년은 땡이야'

대학시절 학생운동에 앞장서다가 옥고까지 치른 어릴 적 친구와 오랜만에 만나 대화하던 중, 예비군 훈련 참석으로 가게 문을 닫아야 하지 않느냐는 질문에 이런 대답을 듣고 참으로 실망스러웠던 기억이 있다.

물론 대학시절 그렇게 살았으면 평생 그 가치관 그대로 살아갈 필요도, 살아갈 수도 없음은 사실이다. 그러나 그렇게 사회정의를 부르짖으며, 다른 이들의 부정과 부패를 결코 용납할 수 없다는 기세로 살았다면, 나의 현실적인 삶도 최소한 어느 정도는 바르게 살아가야 하지 않을까? 오히려 평범한 대학생으로 학생운동이라고는 그저 시위에 뒤따라 갔던 사람도 쉽사리 하지 않는 사회적 비리를 당연한 듯이 얘기하는 데 마음이 편치 않았다.

그러고 보니 유사한 경험을 군에 들어가서도 한 번 만난 적이 있다. 70년대에 논산에서 신병훈련을 마치고 병과 전문 후반기교육을 받기 위해 부산으로 왔다. 교육을 마치고 자대 배치를 시작할 때였다. 그때만 하여도 휴전선 부근 전방부대로 가는 것은 춥고 위험하며, 외출도 잘 나오지 못하는 오지였기 때문에 북쪽으로 배치 받기를 모두가 싫어하였다. 나처럼 배경 없는 사람은 당연히 배치해 주는 대로 가기 위해 기다리고 있는 중이었는데, 나와 같은 대학 사회학과 출신으로 역시 사회정의를 부르짖으며 시위를 주도하기도 했던 어느 훈련생은 배치할 시기가 다가오기 전부터 부지런히 대구에 있는 부모와 알게 모르게 접촉하여 결국에는 삼촌 친구의 장인인지 뭔지 3성 장군의 배려로 고향 대구에 있는 사단으로 배치될 것이라며 은근히 자랑을 하는 것이었다.

참으로 정의를 부르짖는 것과 올바르게 사는 것은 별개

인가? 저런 것이야말로 변질이 아닌가 하는 생각에 마음 한 켠이 허허로웠던 기억이 난다.

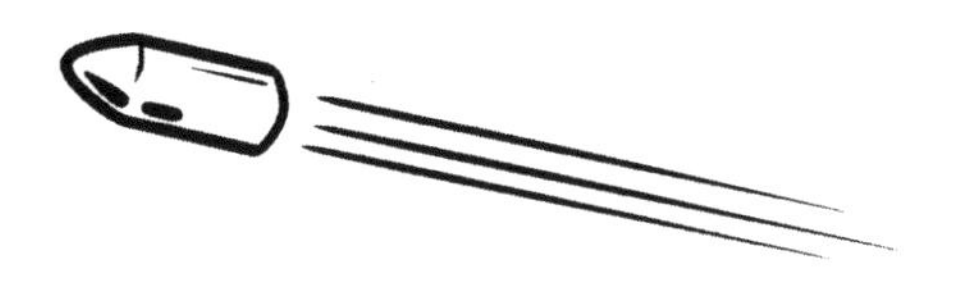

38. 역사를 잊어버린 자와 얽매인 자

1.

코흘리개 시절, 성장이 조금 일러 나보다 머리 하나쯤 더 컸던 동년배가 있었다. 그는 늘 그 골목에서 대장질을 하고 자기가 약간 빨리 커서 힘이 좀 세다고 동년배들에게 손찌검을 하기도 하고 가끔씩 용돈도 빼앗아 쓰기도 했다.

우리들 중 한 친구가 그때 맞은 것을 잊지 못하고, 어른이 되어서도 그 친구의 행위를 도저히 용납이 되지 않아 70년이 지난 지금도 그 친구를 향하여 원망과 저주를 거두지 않고 사과를 요구하고 그가 나름대로 사과를 하면, 사과에 진정성이 없다고 해마다 다시 사과하라고 요구한다.

60년대 보릿고개 시절, 자식들이 그 고개를 넘기지 못하고 굶어 죽을 지경에 이르러 보다 못한 아버지는 논을 헐값에 이웃에게 팔았다. 비록 아버지는 헐 값에 피 같은 논을 팔았지만, 그 돈으로 자식 굶겨 죽이지 않고, 그것을 씨앗으로 하여 사업을 시작했다. 검소하고 부지런했던 아버지는 열심히 사업을 일으켜 세계에서 열 손가락 안에 드는 부자가 되었다. 지금 와서 아들이 보니 그 당시 사정이 급하였다 하더라도 세상물정 잘 모르고 헐값에 논을 판 아버지가 원망스럽고, 값을 속여 헐값에 사간 이웃이 괘씸하여 50년이 지난 오늘날까지도 논 값 더 내 놓으라고 날마다 이웃에게 요구하니, 이웃은 이웃대로 너와는 거래 못하겠다고 손사래를 친다.

개인 간에도 자존감이 높고 자신 있는 사람은 인격이 부족하여 제 잘못을 모르는 교만한 자에게는 사과를 요구하지도 구걸하지도 않는다. 한 번쯤 점잖게 타이르고 정중하게 사과를 요청하고, 그래도 사과하지 않으면, 그런 사람이거니 하고 무시하며 살아간다. 사람들이 싸우는 모양을 가만히 관찰해 보면 내면이 없는 자, 자신이 없는 자의 목소리가 더 크고, 지나가는 이웃들에게 호소하고 판단을 구한다.

2.

일본이 아시아에서 조금 일찍 서양문물을 받아들여 부국

강병을 이루어 제국주의의 막차를 타서 이웃을 침략하고 병탄하여 괴롭힌 나라임은 분명하고, 그중 우리나라가 특히 많은 피해를 입었음도 사실이다. 아울러 그들의 악행에 대하여 사과를 요구함도 지극히 온당한 일이다.

그러나 이제는 그들의 사과에 목을 매지 말자. 딱 한 번만 더 분명하게 그들이 저지른 죄들을 그들에게 말하고, 우리는 이런 사과를 바란다고 분명히 말하자. 그들이 받아들여 사과를 하든 말든 그것은 그들의 몫이다. 사과하지 않는다고, 독일은 저렇게 철두철미하게, 때마다 진심 어린 사과를 하는데 너는 왜 그러냐고 이야기하지도 말자. 진정으로 사과하면 기꺼이 용납해 주고 그렇지 아니하더라도 더 이상 사과를 요구하지 말자, 사과를 구걸하지는 더더욱 말자. 사과하지 않으면 그들의 그릇이 그것밖에 되지 못하는 줄 알고 버려두고 그렇게 취급하자. 용서는 하되 잊지는 말자.

이제 우리의 길을 가자. 100년 전, 75년 전의 분함과 수치와 억울함을 기억만 하고 이제는 더 이상 감히 그런 일을 우리에게 행할 수 없도록 그 노력을 돌려 우리의 힘을 기르자. 경제적, 문화적, 외교적, 인격적인 모든 면에서 그들과는 비교할 수도 없을 정도로 높여 나아가자. 다른 이웃들이 보아도 한국은 일본 따위와 비교할 수도 없이 더 강하고 우아하고 훌륭한 나라라는 것을 알 때까지 우리의 길을 가자. 일본은 그런 나라라고 속으로만 인식하고 우리는 선의를 가지고 불쌍한 이웃으로 알고 함께 살아 나가는 거다.

더 이상 전쟁위안부와 징용에 대한 사과도 보상도 그런 자들에겐 요구하지 말자. 인류의 보편적 정의와 평화를 위한다 하더라도 이제는 곳곳에 소녀상을 세우고 다니는 일은 그만 두고 다시는 그런 굴욕이 감히 우리를 범접하지 못할 힘을 기르는데 더 많은 수고와 노력을 기울이자!

이제 우리의 길을 뚜벅뚜벅 걸어가자!

'역사를 잊어버린 민족에게는 미래가 없다.
그러나 역사에 얽매인 민족에게 미래는 더더욱 없다.'

---

39. 존경스런 지도자를 기다리며

우리는 언제쯤 기꺼이 애정을 보내며 따를 수 있는 자랑스러운 지도자를 만날 수 있을까?

미국은 독립운동의 영웅이자 건국의 아버지인 초대 대통령 조지 워싱턴을 자랑한다. 그는 나라의 기틀을 잡기 위해서는 3선이 꼭 필요하다는 주위 사람들의 간곡한 요청을 미국 민주주의의 백년대계를 위하여 거절하고 고향으로 돌아가 여생을 보냈기에 미국인들은 그를 더욱 사랑한다.

초야에서 몸을 일으켜 주경야독 끝에 미국의 17대 대통령이 되어 흑인들을 그 혹독한 노예의 질곡에서 해방시킨 링컨에게는 100년 이상의 세월이 지난 지금까지도 변함없는 애정을 보내고 있다.

그들은 루즈벨트 대통령의 한 마디 연설에 목숨을 돌보지 않고 태평양에 몸을 던져 2차 세계대전을 승리로 이끌었고, 그들의 개척정신이 엷어져 갈 즈음엔 프런티어 정신의 회복을 부르짖는 사십대의 젊은 대통령 케네디에게 열

렬한 환호를 보냈다.

또한 그들은 삼중고의 인간승리 헬렌 켈러를 자랑으로 여기며, 자수성가하여 거부를 일군 후 록펠러 재단을 설립하여 인류공영에 기여한 록펠러를 존경하며, 세기의 희극배우 찰리 채플린을 사랑한다.

어디 미국뿐인가?

인도와도 바꾸기를 거부했던 셱스피어와 2차 세계대전을 승리로 이끈 명재상 윈스턴 처칠을 자랑으로 여기는 영국, 한때 전 유럽을 정복한 영웅 나폴레옹과 국민투표에서 과반수를 획득하였음에도 불구하고 자신에 대한 국민의 지지가 엷어지자 자신의 역사적 역할이 끝났음을 인정하고 미련 없이 향리 콜롱베로 돌아가 결국 그곳에서 눈을 감고, 그곳에 묻힌 거인 샤를르 드골을 가진 프랑스를 우리는 부러워한다.

이스라엘은 그들의 믿음의 조상 아브라함, 야곱, 모세, 다윗, 솔로몬과 독립의 영웅 벤구리온, 250만의 국민을 이끌고 2억5천만 아랍인들과 싸워 이긴 7일 전쟁의 영웅 애꾸눈 모세 다얀을 존경한다.

가난하지만 무저항 평화주의로 평생을 일관하여 인도의 독립을 쟁취한 위대한 영혼 간디를 자랑하는 인도, 심지어는 사회주의 국가인 중국조차도 중국인민을 전쟁과 가난의 도탄에서 구출하고 대륙을 평정한 공로를 인정하여 대약진 운동을 비롯한 수 많은 과오에도 불구하고 모택동 주석에 대한 존경을 아직도 철회하지 않고 있다. 이와 같이 세상의 크고 작은 나라들은 나름대로의 역사적 인물이나 전, 현직 정치 지도자를 그들의 자랑으로 내세우고 있다.

우리에겐 '이 사람'이라고 다른 이들에게 자신 있게 제시할 수 있는 지도자가 있는가? 또 있었는가?

따지고 보면 역사상 존경할 만한 인물이 우리에게 아주 없는 것은 아니다. 그러나 그것이 근대 내지 현대에 이르면 점점 더 찾기 어려워지고, 정치지도자 중에서 고르고자 하면 더더욱 어려워진다.

우리는 불행하게도 역대 대통령 중 전 국민적인 공감대가 형성된 존경을 보낼 만한 분을 가지지 못하고 있다.

어떤 분은 독립운동가로서 건국과 초창기의 어려운 우리나라를 이끈 공로는 인정하지만, 절제되지 못한 권력욕으로 이 나라의 민주주의에 나쁜 선례를 남긴 그의 말년으로 인하여 그 자리를 잃었고, 또 어떤 분은 뚜렷한 소신과 강인한 추진력으로 5천 년 가난의 굴레를 벗어던지고 이 나라를 경제적으로 반석에 올린 점을 높게 평가 받지만, 그의 독선과 목표를 위해서는 수단과 정당성을 무시한 군사문화의 폐단을 유산으로 남김으로써 국민적 영웅의 반열에 오르지 못했음은 또한 안타까운 일이다.

그 뒤를 이은 이 나라 지도자의 신망은 더욱 떨어져 재임 시에는 '돌'과 '물'로 불리는 희화의 대상이 되었고, 퇴임 후에는 갖은 오욕을 뒤집어 쓰고 종국에는 뇌물과 부정 그리고 내란과 살인의 죄목을 쓰고 감옥에 가는 상황에 이르렀고, 최근에는 현직 대통령이 탄핵을 받고, 헌재의 판단을 기다리고 있으니 참으로 통탄스러운 일이 아닐 수 없다.

이 땅에서는 정치하는 이들은 모두 독재자가 아니면 인권 탄압자, 그것도 아니면 사기꾼, 변절자, 기회주의자, 무식한 자 또는 부정축재자, 살인자가 되고 만다. 기업가는 뇌물 제공자 아니면 근로자의 고혈을 착취하여 재벌이 된 자로 치부되고 만다. 존경받던 학자는 그 학문과 경륜을 국가경영에 이바지하고자 세상에 출사하기만 하면 오욕을 안고 물러설 수밖에 없는 연유는 무엇일까?

왜 우리는 존경할 만한 지도자, 자랑으로 여길 영웅을 가질 수 없을까?

우리나라에만 훌륭한 지도자를 가질 수 없는 유전인자가 없는 것이 아님은 분명할 것이다. 그렇다면 우리는 왜 존경할 만한 지도자를 가질 수 없는가?

수년 전 클린턴 대통령이 민주당 전당대회를 통하여 새로운 영웅으로 탄생하는 과정을 보며, 인물은 태어나는 것이 아니라 만들어지는 것임을 명료하게 볼 수 있었다.

사실 클린턴 대통령이 민주당 대통령 후보로 선출되기 전까지는 미국의 50개나 되는 주의 일개 주지사에 불과한 무명에 가까운 정치인이었다.

그러나 일단 후보로 선출이 확실해지자 그때까지 그를 집요하게 비판하고 반대하던 경쟁자들이 기꺼이 그리고 확실하게 그에 대한 지지를 호소하는 장면을 보았다.

작은 이해에 등을 돌리고, 긴 안목으로 미래를 보지 못하고, 조금만 두각을 나타내어도 오물을 씌우고, 본질이 아닌 지엽적 문제를 확대하여 유치하고 원색적인 비난을 일삼는 풍토, 페어플레이가 없는 풍토에서는 인물이 자랄 수 없다.

다시 정치의 계절이 왔다. 건강한 비판을 통하여 더 나은 세상을 만들어 나아가되 서로를 올려주고 인정해 주는 아름다운 모습을 보고 싶다. 그래서 몇 세대가 흐른 뒤에라도 자랑하고 존경하며 마음으로 따를 수 있는 지도자의 출현을 목을 늘여 기다려 본다.

40. 하나님 앞으로

1. 유해명 일병

'나는 내 주위에 있는 많은 착한 사람들이, 인격적으로나 인간적인 면에서나 나를 훨씬 능가하는 분들이, 단지 신앙이 없음을 이유로 멸망을 받아야 한다는데 무한한 고통을 느낍니다. 군 생활을 영광스럽게 마치고 사회로 나가는 영해 씨에게 내 영혼을 걸고 권면하오니 예수 믿고 천국에서 만나기를 간절히 바랍니다.'

유해명 일병이 나의 제대 추억록에 남긴 말이다.

내가 군에 복무하던 1970년대에는 제대가 가까워오면 함께 군 생활을 같이 하던 사람들에게 노트를 돌려 그들로부터 나에 대한 좋은 기억들과 에피소드, 혹은 앞날을 축복해 주는 글이나 그림을 받곤 하였다. 이것을 '추억록' 이라고 불렀는데, 대부분이 진한 농담과 야한 그림으로 채워지곤 했다. 나는 좀 더 진지한 추억록을 만들 욕심에 가장 순수하고 진심이 있는 후임병 유해명 일병에게 추억록의 첫 글을 부탁했더니 기대대로 단정한 달필로 참으로 내용 있는 글을 주었다.

유해명 일병은 서울 최고의 대학에서 고시공부를 하다가 계속 실패하여 대학원까지 진학하며 입대시기를 연기하였으나, 결국 고시를 패스하지 못하고 스물일곱이 되어서야 군에 입대하였다. 나를 비롯한 그의 선임들은 그보다 서너 살이 어렸으니 그의 군 생활과 내무반 생활은 어려움의 연속이었다. 그렇지만 그는 나이를 앞세우지도 않았고, 나이 어린 고참병들의 빨래를 해 주면서도 불평 한 번 하지 않고 빙그레 웃기만 하였다. 오히려 어려운 작업동원에는 먼저 자원하여 나가곤 하였다. 그러면서도 휴일에는 조용히 교회를 나갔다. 이러한 모습이 안쓰러워 따로 불러 이야기를 나누곤 하였다. 사실 그는 나의 세 살 위의 형님과 동갑이라 각별한 생각이 들어 어느 날 둘만 대화를 나누며 '유해명씨'라고 말하는 것을 고참병이 우연히 듣고 '여기가 사회냐!'라고 혼이 난적도 있었다.

아무튼 그와의 군 생활은 5개월이 채 안 되는 짧은 기간에 끝이 나고 제대를 앞둔 나에게 자신의 '영혼을 걸고' 하나님 믿을 것을 간곡히 권하는 것이었다.

말이란 어떤 사람이 했느냐에 따라 가치와 무게가 달라진다. 만약 나에게 하나님을 믿으라고 권한 사람이 그리 신뢰할 만하지도, 인격이 그리 존중할 만하지도 않다면 그냥 예수쟁이들의 습관적인 전도의 하나로 듣고 그냥 지나쳤을 터이지만, 그의 평소 인격과 무게가 컸기에 그가 내게 한 말은 그만큼 무겁게 다가왔다. 곧,

'그가 저렇게 진지하게 얘기하는 것이라면 사실이거나, 분명 중요한 그 무엇이 있을 거야'

라는 생각이 들었다.

제대를 앞둔 마지막 주 그와 나란히 부대교회에서 처음이자 마지막으로 주일예배를 드렸다. 기대를 하며 예배에 참석하였지만, 여전히 예배는 지루하였고, 하나님은 쉽게 내게 모습을 보여주지는 않으셨다.

2. 성진경

'나 요즘 교회 나가!'

손꼽아 기다리던 제대를 하고 천하를 얻은 듯 세상으로 나왔다. 첫 번째 한 일은 친구들과 만나 제대를 축하하며 술 한 잔을 나누는 일이었다. 그런데 초등학교 동창들과 가진 제대 축하 자리에 참석한 진경이는 술잔을 엎어놓고

술을 받지 않는 것이었다. 술이 거나하여 담배를 권하여도 진경이는 손사래를 치며 담배를 끊었다는 것이었다. 왜 갑자기 이상한 짓을 하느냐는 친구들의 질문에 진경이는 교회에 나가기 시작했다는 것이었다.

"야! 너 같은 사람이 교회에 나가면 교회가 더러워질 텐데......"

하며 놀린 것은 그가 내 입대할 때는

군에 갈 때는 총각을 떼고 가야한다'는 둥 교회와는 먼 거리에 있었기 때문이었다.

그 당시 대학 재학 중 군 복무를 마치고 세상에 나왔지만 여전히 삶의 방향을 잡지 못하고 어떠한 삶을 살아가야할 지를 고심하던 나에게 그의 변화는 충격이자 도전이었다.

복학은 하였지만 유신말기의 학교는 시위와 휴교가 반복되었고, 학교가 문을 닫을 때 마다 나는 타일공이던 그를 따라 건설현장을 누비며 그의 작업 보조자로 일을 하며 그의 변화된 모습을 바로 곁에서 바라볼 수 있었다.

일요일이 따로 없는 건설현장의 소위 노가다 문화 속에서도 그는 토요일에 철야를 하여 작업량을 채우더라도 주일 성수는 철저히 하였고, 술과 방탕이 자연스러운 현장에

서도 그는 참 순수한 인격을 고수하였다. 타일 작업을 하면서도 늘

"주 안에 있는 나에게 딴 근심 있으랴!"

는 찬송을 입에 달고 살았다.

그때까지도 인생의 의미와 방향을 못 찾아 방황하던 나에게 그의 행동은 많은 도전을 주었다. 더욱이 그는 나와 시골 초등학교 동기로 초등학교 졸업이 최종학력이었지만, 그는 이미 인생의 본질적 의미와 방향을 분명히 잡고 삶을 살고 있는 듯 하였지만, 대학까지 다니고 군대를 다녀왔지만, 여전히 안개 속을 헤매는 나 자신과는 너무나 대조가 되었다. 그러는 가운데서도 그는 유머를 잃지 않는 여유도 가지고 있는 넉넉한 인품을 소유하였다. 그는 가끔씩

'나는 초등학교 밖에 못 나왔지만, 내 디모도(작업보조자의 일본식 표현)는 최소한 대학 재학 이상만 써!'

하고 씩 웃기도 하였다.

그의 지혜가 빛을 발휘한 것은 아마도 운동권 친구를 집에 숨겨 주었다가 범인 은닉 혐의로 경찰에 붙들려 갔을 때였을 것이다.

1980년 5월 광주민주화 운동이 터지고 초등학교 동기이던 친구가 시위를 주도한 혐의로 지명수배가 되자 진경이

의 집에 와 숨어 있었다. 그 당시 살벌한 신군부는 계엄령을 확대하고 모든 민주화운동 가담자를 구속하기 시작하였다. 범인을 숨겨주는 자도 같은 처벌을 받을 것이라고 연일 방송과 TV로 엄포를 놓던 때 이었다.

결국 운동권 친구는 진경이네 집에 들이 닥친 형사들에 의해 체포되었고 진경이도 경찰서에 연행되어 심문을 받게 되었다.

"당신은 왜 데모를 주도한 사람을 집에 숨겨 주었어! 당신도 범인 은닉 혐의로 구속할 거야!"

"버~~민 은~~닉? 그게 뭐지요?"

"왜 시국 사범을 숨겨 주었느냐 말이야!"

"아니! 여보시오! 가는 내 시골 초등학교 불알친군데, 우리 집에 놀러왔지요. 경찰 선생은 시골에서 고향 친구가 집에 놀러 오면 오지 말라 그러는 가요?"

"아니, 당신 친구가 데모 주동자인거 몰라요?"

"알지요! 그 친구는 데모해서 출세할 줄로는 알아도 그게 그리 나쁜지는 몰라요!"

이렇게 세상물정 모르는 바보 행세로 위기를 넘긴 추억담을 나누곤 했다.

하여튼 진경이(이제는 성장로)는 삶의 진로를 몰라 헤매던 내게 방향을 정하게 하고, 하나님을 소개하였고, 교회로 인도하여 부족하지만 장로에 까지 이르게 한 그의 은혜는 잊을 수 없을 것이다.

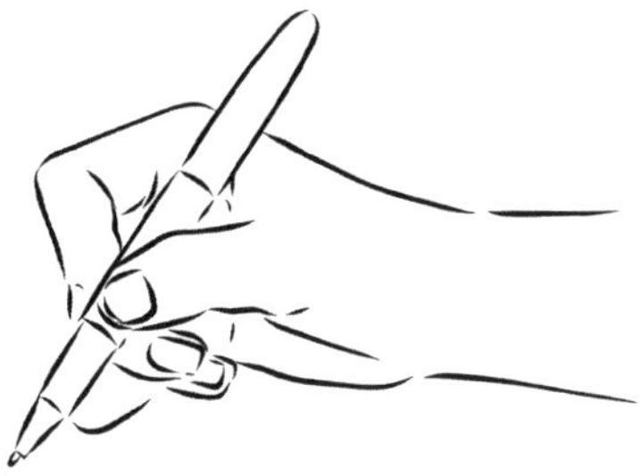

41. 헬싱키, 그리고 울산

'무엇이 저 많은 투자자와 창업자의 발걸음을 이곳으로 향하게 하는 것일까?'

자난 11월 30일에서 12월 1일까지 핀란드의 수도 헬싱키에서 열린 'SLUSH 2017'을 다녀오며 계속 내 머리 속을 떠나지 않았던 화두였다.

SLUSH는 매년 11월 30일부터 12월 1일, 이틀간 핀란드 헬싱키에서 열리는 스타트업 축제이다. SLUSH의 사전적 의미는 '눈 녹은 찌꺼기'정도로 해석되는데, 핀란드의 초겨울엔 얼음이 밤에 살짝 얼었다 낮엔 녹는 슬러시 상태가 되는데, 이 계절에 하는 행사라는 뜻이다. 2011년 헬싱키 소재 알토대학의 창업 동아리들과 그 대학의 스타트업 엑설러레이터 '스타트업 사우나'가 주축이 되어 300명 정도가 모여 시작한 모임이다.

축구장 크기의 실내에서 휘황찬란한 레이저 빔 속에서 매인무대, 피칭무대 등으로 나누어 이틀 내내 명사 강연,

성공 CEO강연, 스타트업들의 피칭이 계속된다. 2,000여개의 스타트업 중 예선을 거친 100개의 스타트업이 배틀 형식으로 회사를 소개하고 마지막 날 최후의 3개 스타트업 결승전을 통하여 최우수 스타트업을 배출하는 축제이다. 2014년에는 북유럽지역 축제에서 세계적인 축제로 확장되어 도쿄, 베이징, 싱가포르로 진출하였다.

이 모임이 올해는 120여 개국으로부터 2,600여 개의 스타트업, 1,500여 벤처캐피털 등 총 참여자가 20,000명이 넘는 참가자로 행사장은 그야말로 인산인해였다. 2,500여 자원봉사자들이 이틀 동안의 행사를 한 치의 빈틈도 없이 일사불란하게 진행하였다. 외투를 맡아 주는 번호표만도 15,000번을 넘었다. 올해는 미국의 엘 고어 전 부통령이 오프닝 연설을 위트 넘치게 하여 많은 박수를 받았다.

더욱이나 놀라운 것은 여기에 참가하는 스타트업은 395유로, 투자자는 795유로(한화 약 100만원)의 참가비를 사전에 납부해야 하며, 이미 시작 보름 전에 마감이 될 정도였다는 것이다. 국내의 창업 페스티벌들이 부스 마련 비용을 주체측이 부담해 주면서도 참가자의 부족으로 어려움을 겪는 것을 생각해 보며 무엇이 이러한 차이를 가져오는지 생각해 보지 않을 수 없었다.

11월말의 헬싱키는 가을 풍경도 시들고, 산타클로즈의 고향답게 눈이 쌓여 아름다운 계절도 아닌, 참으로 을씨년스러운 계절이다. 바로 그 계절을 활용하여 낮은 비용으로 장소를 빌리고, 오히려 이 행사를 통하여 헬싱키를 활기 넘치게 한다는 발상의 전환이 놀라웠다.

핀란드는 전체인구가 550만정도이고 헬싱키의 인구는 약 50만 명 정도에 불과하다. 이런 도시에서 이렇게 큰 세계적인 축제를 벌일 수 있는 힘이 무엇인지 참으로 궁금하였다. 이 기간에는 헬싱키 시내의 호텔이 동이나, 부르는 게 값이고, 헬싱키 시내에서 숙소를 구하지 못한 참가자는 1시간 넘게 외부의 다른 도시로 가기도 하였다. 참가자도 자원봉사자를 제외하면 70~80%이상이 외국인으로 보였는데, 이들 또한 국적기인 핀에어를 이용하여 비행기표를 구하기가 어려웠다. 그러고 보니 이 행사가 핀란드 경제에 미치는 영향이 매우 크다는 것을 알 수 있었다.

노키아로 상징되는 핀란드의 경제가 노키아의 쇠락으로 크게 어려움에 처했으나, 오히려 이를 역이용하여 노키아에서 퇴출된 사람들이 그 기술에 창의력을 더하여 오늘날 창업의 메카로 자리매김한 것이 오버랩 되면서 위기를 기회로 바꾸는 그들의 지혜가 돋보였다.

참으로 저 많은 스타트업과 투자자의 발길을 헬싱키로 끌어들이는 힘은 무엇일까? 결국은 투자자는 여기에 오면 새로운 기술로 무장한 신선한 스타트업을 찾아낼 수 있다는 확신과 스타트업들은 이곳에서 자신의 창의적 아이디어를 제대로 프레젠테이션하기만 하면, 든든한 투자자를 얻을 수 있다는 기대, 그리고 일반인들은 미래의 세계가 어떻게 전개될 것인지를 만날 수 있기 때문이 아닐까?

미약하지만 우리 센터가 기술창업과 아이디어 창업에 더욱 정진하여 울산의 미래를 이끌어갈 새로운 산업의 싹을 키워 벤처케피털이나 투자기업에게는 미래 산업을 선도할 스타트업을 만날 수 있는 곳, 우리 센터를 찾아오는 창의적 스타트업들에게는 여기에 오기만 하면 걱정 없이 기업을 키워나갈 수 있다는 확신만 준다면 우리 센터도 작은 SLUSH가 되지 못할 이유가 없다는 다짐을 해 본다. 아울러 우리 울산이 창업자의 천국, 투자자의 메카로 또 다른 헬싱키가 되길 기대하며, 과거 산업화시대를 견인해 온 산업수도로서 4차 산업시대에도 여전히 이 나라 경제를 이끌어가는 중심도시가 되는 모습을 그려본다.

42. 안전한 세상을 위하여

대구가 고향인 내게 이번 대구지하철 방화사건은 보다 더 가슴 메이는 충격이었습니다.

그러나 이제 안타까움을 너머 냉정하게 우리를 돌아보며 미래를 이야기해야 할 때임을 깨닫습니다.

저는 이번 사고를 보며 이런 가정을 해 봅니다.

내가 바로 그 열차의 기관사이거나, 사령실의 담당이었다면 참으로 침착하게 열차의 진입을 정지시키고 조용히 승객들을 대피시켰을까 하고 말입니다. 아무리 생각해 보아도 저 역시 당황하고 헤매었을 같은 생각이 듭니다. 결과를 두고 '죽일 놈들'이라고 비난하기는 쉽습니다(물론 그들은 무책임했고 응분의 책임을 져야하는 것은 두말할 나위가 없습니다).

그러나 우리의 행동을 좌우하는 보다 깊숙이 자리잡은 우리의 모습을 본다면 누구든지 쉽게 자신할 사람은 많지 않을 것입니다. 보다 근원적인 문제를 우리는 가지고 있습니다.

그것은 바로

'별다른 큰 문제는 아닐 것이야',

'연기 좀 난다고 열차를 정지시켜 전체 스케줄을 내가 망쳐서야 나중에 괜히 혼나지 않을까?'

'그렇잖아도 지하철이 적자인데, 괜한 일로 시민들을 불안하거나, 불편하게 하여 이용 승객이 줄어 손익에 영향을 크게 주지나 않을까, 그리고 이로 인하여 윗사람들의 질책을 받을 필요가 뭐 있어?'

하는 복합적인 심리가 우리 속에 있습니다.

'안전제일'이라는 구호는 난무하지만, 안전 문제는 언제나 능률과 효율에 밀려 가장 나중 순위로 떨어지는 것이 우리의 현실입니다.

지금껏 우리는 능률과 성장이라는 목표를 좇아 그냥 한길로 달려왔습니다. 오래된 배고픔을 이기고 후발 개발국으로서는 불가피한 선택이었던 성장 제일주의는 이제 한번 돌아보아야 할 때입니다. 우리가 진정한 선진국의 대열에 들어서기 위해서는 우리 사고의 기본적인 패러다임을 바꾸어야 합니다.

그중 중요한 요소의 하나가 안전에 대한 우리의 자세일 것입니다. 안전에 대한 기본적인 패러다임의 변화가 없다면 같은 유형의 불행한 사고는 계속될 것이라는 생각은 우리의 가슴을 더욱 무겁게 합니다.

어느 날 우리 회사에서 갑자기 화재경보가 울렸습니다.
8층에 있던 사원들이 서로 돌아보며,
"무슨 일이야? 또 저놈의 경보기가 고장이 났군!"
하면서 하던 일을 그냥 계속하거나, 왜 빨리 끄지 않느냐고 이야기 하곤 하는 것이었습니다.
나는 부끄럽게도 국내외 비행기를 수십 번 탔지만 여지껏 비행기가 바다에 떨어졌을 때 입어야 하는 자켙의 위치를 정확히 모릅니다. 탈 때마다 스튜어디스가 열심히 설명했음에도 불구하고 말입니다. 그냥 별일 있겠어? 하는 생각 때문이었습니다.

9.11테러로 뉴욕의 무역센터빌딩을 탈출해 내려오는 사람들의 질서 정연함을 보고 우리는 모두 놀랐었습니다. 곧 무너져 내릴 빌딩에서 수십 층이 넘는 비상계단을 통하여 침착하게 내려오고, 구조대원들이 반대 방향으로 올라오자 (그들은 모두 무너지는 빌딩과 함께 순직했지요) 멈춰서 그들의 길까지 열어주는 무서우리만큼 냉정한 질서 의식이 많은 생명을 구했던 것을 기억합니다.
아울러 유사한 사건이 우리나라에서 발생하였다면 건물

이 무너져 화를 당한 사람보다 공포에 빠져 서로 먼저 내려오려고 밀치다가 밟히거나, 떠밀려 떨어져 사망한 사람이 더 많을지도 모릅니다.

이 모습을 보면서 미국계 고등학교에 다니던 딸아이의 이야기가 생각났습니다.

그 학교에서는 자율적으로 대피훈련(방공훈련)을 실시하는데 그렇게 진지할 수 없다는 것입니다.

비상벨이 울리고 그날의 가상 상황이 떨어지면 떠들던 아이들은 일제히 입을 다물고 손수건으로 입을 막고 자세를 낮추어 한 줄로 교실을 탈출하는 것입니다. 그러는 도중 한 아이라도 대화를 하는 아이가 발견되면 즉시 원래 위치로 돌아가 훈련을 새로 시작한다는 것입니다(이것은 아마 비상 상황에서 페닉상태에 빠지는 것을 방지하기 위함인 것 같습니다)

이렇게 진지하게 훈련하는 모습과 무역센터빌딩의 탈출 장면이 오버랩 되곤 합니다.

물론 우리들에게도 민방공훈련이 있었습니다.

그러나 그것은 조금은 체제 유지적인 면이 있었던지 사람들이 타율적으로 참여하여 그다지 효과가 없었던 것 같습니다. 이제 누구를 위한 훈련이 아니라 우리 자신의 생명을 지키기 위한 훈련을 진지하게 새로 시작할 것을 제안합니다.

안전장치를 아무리 열심히 한다 해도 지하철은 비행기나 선박과 달리 타고 내리는 사람을 일일이 다 점검하는 것은 불가능합니다. 그러나 불이 났을 때 열차의 진입을 막고 신속히 대피시키는 것은 안전의식의 향상과 대피 요령의 향상으로 크게 인명피해를 줄일 수는 있습니다.

이제는 돈이 좀 많이 들어도, 좀 늦어도, 그럴 확률이 매우 낮아도, 좀 비능률적이라도, 안전에 조금만 문제가 있어도 즉각 멈추어서 점검하고 다시 가는 그야말로 안전을 제일로 여기는 문화를 만들어 나아가고, 진지한 훈련을 지금 당장 시작할 것을 제안합니다.

우리 속에 있는 안전불감증과 적당주의 그리고 능률위주의 사고방식을 몰아내고 새로운 안전에 대한 패러다임을 구축해 나가기를 소망합니다.

어쩌면 하나님에 대한 불신을 다 씻어내기까지 광야에서 한 세대가 다 사라지기까지 40년을 훈련받은 이스라엘 백성처럼 우리는 우리에게 깊이 자리 잡은 이 안전 불감증을 씻어내기 위해 그만큼의 세월과 훈련이 필요한지도 모릅니다.

그러나 분명한 것은 지금 당장 시작해야 한다는 것입니다.

그러면 우리의 다음 세대부터라도 보다 안전한 세상에서 살 수 있을 것입니다. 돌아가신 분들의 명복을 빌며, 사랑하는 이들을 잃은 가슴 무너지는 아픔에 하나님의 위로가 있기를 기도하며, 부상당한 분들의 빠른 쾌유를 빕니다.

43. IMF가 박정희 때문이라는 분께

보내 주신 글 잘 읽어 보았습니다.
몇 가지만 이야기하고 싶네요.

박정희가 아니더라도 그 시대는 일본이 보여 준 자극으로 누가 집권하였더라도 성장하였을 것이라는 가정입니다.
저는 지난 1997년부터 4년간 불가리아에 근무하며, 경제가 무너진 나라의 참상을 직접 목도할 수 있었습니다. 인수한 회사를 구하기 위해서는 경영을 합리화해야 했고, 그러자니 경제논리에 따라 인원을 정리하지 않을 수 없었습니다. 우리직원이 저를 포함하여 두 사람이 1000여명을 지휘하여 경영을 했습니다. 많은 인원을 눈물을 머금고 해고할 수밖에 없었습니다. 경제적으로 남의 지배를 받는 것은 정치적인 식민지로 전락하는 것 보다 더 비참했습니다.
그들의 월급은 100달러에도 못 미쳤고, 우리나라 보다 훨씬 더 추운 겨울에도 난방비를 댈 수가 없었습니다. 노부모와 어린이가 있어도 보일러를 돌릴 수가 없었습니다.

그들은 2차세계대전 전에 벌써 공업화를 시작하였고, 우리가 경제개발을 시작한 60년대 초에 이미 우리 국민소득의 10배를 넘는 GNP를 유지했습니다. 그러나 개인의 의욕을 북돋우지 못하는 공산주의 경제체제와 지도자의 무능으로 이렇게 역전되어 있었습니다. 이기적인 동기를 제어하여 그들은 평등은 얻었으나, 풍요는 잃었습니다,

그들은 전투에는 한 번도 패한 적이 없었지만, 전쟁에는 한 번도 이긴 적이 없다는 군요. 정치의 부재를 의미합니다. 불가리아는 우리보다 훨씬 더 풍부한 경작지와 자원을 가지고 있습니다. 그런 그들이 어떻게 21세기에도 여전히 배고프고 춥게 지내면서 나라의 위상도 형편없어졌을까요?

사실 저에게도 정치에 대한 혐오증이 다소 있습니다. 하지만 정치는 매우 중요한 요소이고, 정치지도자 또한 매우 중요하다고 생각합니다.

누가 그 당시 정치 지도자가 되었어도 박대통령에 못지않은 실적을 올렸을 것이라는 가정에 저는 찬성하지 않습니다.

60년대가 세계적인 성장과 개발의 시대였다 하여도 60년대의 가난한 나라와 부유한 나라를 표시한 지도와 현재

의 지도를 비교해 보면 그다지 변한 것이 없습니다. 그 당시 대표적으로 가난하던 나라들은 대부분 동남아 지역과 아프리카, 인도, 파키스탄 등에 분포했습니다. 미국, 유럽, 남미제국들이 대체로 잘 살았고 40년이 지난 지금도 이 지도는 그리 크게 바뀌지 않았습니다. 아프리카, 동남아등은 여전히 살아가기 힘들고, 잘 살았던 필리핀, 남미제국, 동유럽의 여러 국가들은 오히려 거꾸로 가고 있습니다.

60년대 이전의 가난을 떨쳐낸 나라라면 홍콩, 싱가포르, 말레이시아 그리고 우리나라 정도입니다.

이런 현상을 우리는 무엇으로 설명할 수 있을까요?

저는 한 가정이나, 회사나, 국가 모두 구성원 한 사람 한 사람의 역할도 중요하지만, 그 지도적인 위치에 있는 지도자의 역할은 더 중요하다고 생각됩니다. 말레이시아와 싱가포르의 부상에는 마하티르수상과 이 광요 수상의 존재를 무시할 수 없을 것입니다.

세계 여러 나라를 여행하며 많은 나라들이 좋은 자연 조건들을 갖고 있으면서도 좋은 지도자를 만나지 못하여 여전히 헤매는 나라들이 많았음을 보게 되었습니다.

그래서 '박정희가 아니었더라도 어느 놈이 했어도 그만큼은 되었을 것'이라는 의견에는 동의할 수 없습니다. 역사에는 가정이 없다고 합니다. 더욱이나 그건 너무나 무책임한 역사적 가정입니다. 지나간 뒤에 말하기는 누구나 쉽습니다. 그리고 또 하나는 IMF가 박정희의 개발 독재의 필연적인 결과라는데, 박정희 시대의 경제적인 성취가 없었다면, 까먹을 것도 없었을 것입니다.

역시 불가리아에서의 경험입니다.

기업의 2/3가 문을 닫은 상태에서 세수가 줄어들자 온갖 이유를 붙여 세수를 늘리기 위해 기업을 압박했습니다. 세무조사를 나온 세무 요원들에게 이렇게 물었습니다.

"세수가 부족하여 기업의 세원을 조사하고 엄격하게 하는 것은 당연하다. 그렇지만 이렇게 힘들어서야 어떻게 기업을 운영하겠는가? 그렇게 하여 기업이 다 망한 다음에는 세무조사를 나갈 기업조차도 없을 땐 어디에 가서 조사하고자 하는가?"

하고 말입니다.

IMF의 어려움을 당했지만, 그만한 것이라도 마련한 것은 그 시절이었습니다. 당할 꺼리라도 만들어 놓은 분들을 향하여 손가락질 하는 것은 참으로 도리가 아닌 것 같습니다.

요즘 저는 개인적으로 약간의 회한에 빠져 있습니다.

그것이 개발독재의 결과일지는 몰라도 제가 졸업할 당시에는 몇 군데의 기업으로부터 취업허락을 받아두고 어디로 갈까 고민이었는데, 지금은 대학 졸업식이 바로 백수 입문식이 되는 사태를 바라보며 말입니다. 제 주변에도 많은 청년들 중 졸업 후 취직 못한 이들이 너무 많습니다.

우리 아버지 세대들은 '독재의 하수인'이었는지는 몰라도 근로기준법의 존재도 알지 못한 채 밤낮없이 일하여 경제를 성장시킨 결과 우리가 '골라잡아' 취직하도록 만들어 주었는데, 나의 세대에는 아이들에게 취직할 자리도 제대로 못 만들어주며(경제발전 단계에서 저성장에 진입하는 것이 당연한 점도 있지만,) 맨날 과거나 들춰내며 잘 했네 못 했네 하고 있는 자신이 무척이나 못나 보입니다.

그리고 하나만 더 곁들이자면, 다른 나라에서는 없는 영웅도 만들어가며 배울 점들을 찾아가던데 우리나라는 조금 뛰어난 분이 있어도 어찌하든지 허물을 파헤쳐 끌어내리려고만 하고 있는지 모르겠습니다.

이승만과 박정희는 독재정치를 하여 사람, 잠시 정권은 잡았던 장면은 무능한 사람, 전두환은 땡전 돌대가리 악랄한 자, 노태우는 물태우 등신 같은 자, 김영삼은 무식한 인간, 김대중은 또 무엇, 노무현은 무엇하고 .... 아! 불쌍한 우리나라 사람들, 존경할 만 한 분은 하나도 가지지 못한.....

링컨에게는 잘못이 하나도 없어서 그 궁전 같은 기념관이 있고, 워싱턴, 케네디, 레이건 그들의 업적이 모두 훌륭하여 기념하는가? 나쁜 것에서도 배우지 못하고 좋은 것에서도 배우지 못해서야 되겠습니까?

어떤 사람이나 일을 미화해서는 안 되겠지만, 조금 부족해도 좋은 점을 기리며 세워 나간다면 왜 우리에게도 영웅이 없을까요?

이야기가 길어졌네요.

다시 읽어보니 많이 배우고 논리가 정연한 교수님의 글에 에 비하여 논리도 부족하고 감상적인 면도 많은 형편없는 별 볼 일 없는 민초의 의견입니다. 양해바랍니다.

권영해 드림

44. 젊은 창업자들이 몰려 오는 울산을 꿈꾸며

제1기 U-STAR에 참여할 최종 스타트업 10팀을 지난 주 확정하여 3일간의 워크숍을 마무리하였다.

제1기 U-STAR공모에는 총227개 스타트업과 예비창업자가 응모하여 1차 서류심사로 32개 팀을 선정하고, 이틀간의 치열한 사업계획 프레젠테이션 후 그 사업의 가능성 등을 종합적으로 평가하여 최종적으로 10팀을 선정하였다.
참여자들이 선발 시 받을 혜택이 크다는 것이 동기부여가 된 것은 분명하지만, 창업환경이 열악한 울산지역으로서는 획기적인 일이었다. 예상을 뛰어넘는 많은 스타트업의 참여와 아울러 참여한 창업기업의 사업계획과 기술들이 신선하여 울산의 미래 산업을 이끌어갈 것으로 기대할 수 있는 기업이 많아 무척 반가웠다.

지난해 3월 이곳 센터장으로 부임한 이후 창업에 나서는 사람들이 부족하여 창업저변의 확대에 고심해온 것이 사실이다. 실제적으로 창업에 나서는 젊은이들이 없다면, 어떤 창업지원제도도, 아이디어만 가지고 오면 창업 전주기를 지원해준다는 원스톱 지원체제도 무용지물이 되고 만다.

울산지역의 창업저변이 열악한 이유에는 여러 가지가 있지만, 타 지역에 비해 상대적으로 낮은 지역인구, 그리고 창업을 주도하는 계층인 교수와 젊은 대학생을 보유한 대학의 수가 17개 지자체 중 최하위인 3개교에 불과하다는 점이 지적되고 있다. 여기에 더하여 전통적인 공업지역으로 비교적 취업기회가 많아 창업보다는 취업을 선호하는 지역문화와 지역의 전통적인 산업인 조선, 자동차, 석유화학 산업이 수직계열화 되어 오랫동안 고착화됨으로 말미암아 새로운 스타트업이 진입하기 어려운 산업상의 여건이 젊은이들로 하여금 쉽사리 창업에 나서지 못하게 하는 요인이 되어 왔다.

그 결과 센터가 문을 연 이후 창업지원을 위한 자금, 법률, 인력, 마케팅 등 원스톱 서비스센터를 열어두었지만, 창업에 나서는 이가 부족하여 그 역할을 제대로 펼칠 수가 없었던 것이 참으로 아쉬웠다. 그래서 이러한 난관을 극복하고자 대학생을 대상으로 한 '창업인턴학기'개설, 매주 새로운 아이디어 발표장인 '창문을 열어라', 일반인들의 창업의욕을 고취할 목적으로 한 창업토크쇼 '고래 고래'를 여러 차례 열기도 하였다.

그렇지만 창업을 무척 어렵게 생각하는 문화를 하루아침에 개선하기는 쉽지 않았다. 그래서 지난해부터 준비하여 이번 'U-STAR'를 기획하게 되었다. 'U-STAR'는 '울산의 스타 스타트업'을 발굴, 육성한다는 희망을 담아 만든 프로그램이다. 일단 'U-STAR'로 선발되면 창업지원금 2,000만원을 지급하고 6개월 간 사무실을 제공하며, 투자 전문 컨설팅회사인 선보엔젤파트너스의 전문적인 지도와 투자를 받을 수 있으며, 우수한 기술을 인정받을 경우 중소기업청의 기술스타트업 지원제도인 'TIPS'프로그램을 지원받아 총 10억 원까지 지원받을 수 있는 아주 획기적인 프로그램이다.

이번에 선발된 업체들은 최근 각광을 받고 있는 인공지능과 ICT를 기반으로 하는 첨단 기술로 무장한 스타트업들이 많다는 것과, 특히 UNIST를 비롯한 대학의 연구 결과를 바탕으로 한 교수 창업자도 많다는 것이 더욱 기대하게 한다.

더욱이나 이번에 선정되지는 못한 기업들 중에도 상당한 수준의 유망 창업기업들을 울산센터의 가족기업으로 보육

할 계획이어서 창업기업의 부족에 허덕이던 울산지역 창업기업 부족의 갈증이 어느 정도 해소되어 본격적인 창업생태계의 활성화가 기대된다.

모두가 인정하는 바이지만 우리 울산은 지난 반세기 동안 우리나라 산업화와 경제발전의 견인차 역할을 해 왔다. 우리나라 인구의 2%를 가진 울산이 2011년에는 우리나라 전체 수출액의 20%를 넘는 1,014억불을 수출하였다. 지난 반세기 동안 팔도의 청년들이 울산으로, 울산으로 모여 들어 '산업수도 울산'을 만들고, 대한민국을 만들었다.

이제 전통산업의 위기를 극복하고 미래의 새로운 산업의 싹을 길러 다시 전국의 젊은 창업자들이 울산으로 몰려들어 '창업 수도'울산을 만들어 나가는 꿈을 그려본다.

이를 위해 울산에만 오면 젊은 창업자들이 마음 놓고 아이디어를 계발하고, 투자 받으며, 시장을 개척해 나아갈 수 있는 환경을 만들어 가야 할 것이다.

무엇보다 울산을 기반으로 지난 반세기 성장해 온 울산의 개인이나, 중견기업이 미래의 새로운 산업을 일으키는 데 기꺼이 참여하기를 기대해 본다. 국가기관의 지원에 수동적으로 의존하는 것이 아니라, 기업이 스타트업을 능동적으로 지원하여 신수종산업을 키우는데 힘쓰고, 그 과실을 스타트업과 기업이 함께 나누는 선순환 구조를 울산에서부터 시작되기를 아울러 기대해 본다.

그런 의미에서 이번 U-STAR에 적극 참여하여 컨설팅을 해 주고, 투자까지 예정하고 있는 선보엔젤파트너사는 그 좋은 선례가 되리라 확신한다. 울산지역에서 제조업으로 출발하여 울산의 미래 산업을 이끌어 갈 스타트업을 육성하기 위해 투자회사를 설립한 선보엔젤파트너사와 같은 지역 기업인이 더 많이 나타나, 기업들이 각자의 취향이나 능력에 따라 새로운 스타트업을 육성하는데 나서기를 기대하는 마음 간절하다.

젊은 창업자들이 울산으로 몰려 오는 광경을 꿈꾸며, 울산의 미래 산업은 울산 사람의 손으로 길러 나아가기를 기대해 본다.(2017년 경상일보)

▪ 글을 마치며

그냥 경주가 좋아 경주에 살 때였습니다.

그때 동갑내기 아내와 마흔 고개를 막 넘어가고 있었습니다.

우리는 이웃의 강권에 20년 만기의 암보험을 들면서,

둘 중 한 명이 암에 걸려 죽으면 보험금을 재혼자금으로 쓰고,

함께 건강하게 20년을 보내면 보험금 타서 멋진 세계여행을 하며,

우리들의 이야기로 작은 문집 한 권을 내기로 했습니다.

그때 20년은 참으로 쉬이 올 것 같지 않은 아득한 세월이었지만,

세월은 생각보다 훨씬 더 빠른 속도로 흘렀습니다.

마흔 초반의 감성은 흐르는 세월과 함께 무디어져갔고,

그럴듯한 글 한 편 못 쓰지도 못한 채 세월은 그렇게 흘러가버렸습니다.

몇 년 전 가을, 보험 회사로부터 보험금을 찾아가라는

연락을 받고서야

어설픈 우리들의 약속 기한이 이미 우리 앞에 당도해 버렸음을 알았습니다.

그러고 또 다시 십년 세월이 흘러 회사도 퇴임하고, 창조경제센터장도 퇴임하고, 이제 칠순을 눈앞에 두고 바쁜 마음으로 글을 모아보았습니다.

내 놓을 만한 멋있는 삶도, 그럴듯한 글도 우리에게는 없지만,

자신과의 약속은 지켜야 한다는 마음이,
무언가 흔적을 남기고 싶다는 분에 넘치는 욕심이,
이 조그마한 책을 만들게 하였습니다.
설익은 삶과 생각들이 부끄럽습니다.

감사합니다.

2023년 가을이 시작되는 날
용지봉 정원에서

따뜻한 아이스 라떼 한 잔

40년 차 직장인, 라떼 세대가 말하는 공감의 메시지

발행일 | 2023년 10월 19일

지은이 | 권영해
펴낸이 | 마형민
기　획 | 신건희
펴낸곳 | (주)페스트북
주　소 | 경기도 안양시 안양판교로 20
홈페이지 | festbook.co.kr

ISBN 979-11-6929-386-0 03810
값 16,000원

* (주)페스트북은 '작가중심주의'를 고수합니다. 누구나 인생의 새로운 챕터를 쓰도록 돕습니다. Creative@festbook.co.kr로 자신만의 목소리를 보내주세요.